Le pire des mondes

Du même auteur

Asphyxie, roman, Florent-Massot, 1996 ; J'ai lu, 1998.
Superstars, roman, Flammarion, 2000 ; J'ai lu, 2002.
Poussières d'anges, portraits, Librio, 2002.

Ann Scott

Le pire des mondes

roman

Flammarion

ISBN : 2-08-06-8186-9

1

Alors qu'il était arrêté au feu juste avant la place, il vit d'abord une tache rougeâtre sous un Abribus. Sans aucun doute une flaque de vin, parsemée de ce qui avait dû être du pain, le tout d'apparence très récente puisque encore visible sous la pluie crépitante. Soit le contenu d'un estomac régurgité à même pas dix heures du matin, autour duquel une dizaine de personnes attendaient leur bus, pas du tout perturbées d'avoir quasiment les pieds dedans...

Ensuite, immobilisé au centre de la place, il vit l'énorme baudruche gonflable qui trônait sur le terre-plein. La masse, aire de jeux censée représenter les monuments de Paris, avait toujours été là dans toute son absurdité – obèse, difforme et d'un jaune criard incongru au milieu de la grisaille. Mais ce qui cette fois retint son attention, ce fut deux enfants qui s'y élançaient malgré la pluie. La réplique de l'Arc de triomphe était dotée d'un large toboggan sur le devant, et les deux petits s'efforçaient d'en grimper la pente furieusement, s'aidant aussi bien des mains que des pieds tant leurs chaussures crottées de boue patinaient. Plusieurs personnes faisaient les cent pas sur le trottoir, aussi était-il impossible de deviner laquelle les accompagnait. Mais quelle qu'elle fût, elle ne se manifesta pas quand parvenus au sommet, les petits se laissèrent glisser la tête la première, leurs visages en contact direct avec le caoutchouc du toboggan. Caoutchouc souillé par tout ce que leurs semelles avaient pu fouler, autant dire d'innombrables merdes de chiens, mais aussi de clochards...

Pour finir, le long du canal Saint-Martin, arrêté derrière une camionnette de livraison, il remarqua la silhouette d'une femme à travers la vitre d'un McDo. Âgée d'une cinquantaine d'années, elle était installée dans une chaise roulante et avait un sac en plastique attaché autour du cou. À côté d'elle, un homme lui donnait à manger à l'aide d'un gobelet. Il le plongeait dans le sac, le ressortait rempli de ce qui ressemblait à des céréales, puis le portait à sa bouche. Cette bouche, pas plus active que le reste du corps, restait entrouverte, laissant retomber une partie de son contenu dans le sac où l'homme replongeait alors le gobelet. La livraison s'éternisa suffisamment pour qu'il voie l'homme répéter son geste encore et encore. Il alternait de temps à autre avec un gobelet de liquide, lequel s'échappait en partie des commissures et retombait lui aussi dans le sac. Le devant du blouson de la femme était maculé d'une bouillie jaunâtre, la même que devaient former les céréales dans le sac au contact du liquide, mais l'homme continuait d'enfourner, barrant par instants la bouche de sa paume pour la maintenir fermée. Et la demi-douzaine de personnes attablées autour ne montraient aucun signe de malaise, n'évitant pas plus la scène qu'elles ne la suivaient.

La camionnette repartit et tourna dans une rue adjacente, laissant le quai brusquement vide devant lui. Mais pour la première fois, l'espace qui s'offrait miraculeusement le laissa indifférent. Pour la première fois, le confort intérieur de l'habitacle ne suffit pas à lui faire oublier ce qu'il venait de voir. La bassesse du toit semblait se resserrer sur lui, la profondeur du siège le faisait se sentir au ras du caniveau, et l'odeur du cuir mêlée à celle du tabac froid lui collait la nausée. L'absence de sons extérieurs, étouffés par l'épaisseur des vitres, accentua la perception qu'il avait des battements de son cœur. Ils ne se dédoublaient qu'à peine, comme pris de saccades qu'il sentait avec horreur commencer à se chevaucher. Il revoyait les pieds des gens à proximité du vomi, les joues des enfants contre le toboggan, la paume qui maintenait la bouche fermée... Il y a ce film où un type, en trouvant une paire de lunettes de soleil dans une poubelle, se met à voir des têtes de mort à la place des visages. Des envahisseurs qui ont pris la place des humains sur les trottoirs et que seules ces lunettes permettent de repérer. C'était là, indéniablement là, chaque jour, à chaque coin de rue, et il était le seul à le *voir* ?

Il remarqua une ombre noire qui glissait lentement dans le ciel. Une ombre gigantesque, basse, opaque, couvrant plusieurs pâtés de maisons. Une forme grimaçait au centre, tandis que des dizaines de tentacules se déployaient. Une première atteignit le sommet de la tête d'un passant, puis un autre. L'espace d'un instant, il vit très clairement le ciel gris se déchirer d'une multitude de nervures bleu acier, tels les éclairs figés que la foudre révèle brièvement par temps d'orage. Sauf que chaque nervure reliait maintenant chaque passant à cette chose. Ses mains se resserrèrent de toutes leurs forces sur le volant en même temps qu'un cri de terreur monta dans sa gorge. Il se rangea sur le côté, coupa le contact et attendit, le souffle court. Sur les trottoirs, les gens continuaient de marcher, juste un peu voûtés pour se protéger de la pluie. Il était pourtant certain d'avoir vu quelque chose. Mais quoi ? Il ne parvenait pas à reconstituer l'image. Ça n'avait duré qu'une fraction de seconde, et il ne lui en restait déjà plus une bribe. Rien d'autre qu'une sensation étrange, diffuse mais à la fois certaine : il venait d'entrevoir quelque chose dans sa globalité, et ce quelque chose ne tournait pas rond, pas rond *du tout*.

***

Devant chez lui il monta sur le bateau, ce qu'il ne faisait jamais pour ne pas fausser le parallélisme des roues. Il ne s'assura pas non plus que la voiture ne risquait rien, lui qui s'imposait toujours le parking malgré les dix minutes à pied pour en revenir. Il sentit comme une pointe de soulagement en faisant tourner la clé, un poids infime qui s'allégeait de sa poitrine tandis qu'il traversait la pièce vers sa chambre. Il trouva le sac au pied du lit, exactement là où il l'avait oublié.

La perspective de retraverser la ville était écrasante, à cette heure c'était bouché partout. L'oubli du sac ne pouvait vraiment pas être un hasard. Le schéma fonctionnait trop bien pour qu'il ait pu l'entraver, même inconsciemment. Il partait toujours de chez lui à sept heures, arrivait au « bureau » en une demi-heure, et une heure plus tard il était sur la route. Son envie de partir coïncidait toujours avec sa venue au bureau. Jamais il n'avait pris la route sans y passer avant, et inversement. Les choses étaient à ce point liées, qu'il avait commencé à partir en même temps qu'il avait commencé à travailler là-bas. C'était ce nouveau contrat qui avait permis d'acheter la voiture, et le concessionnaire où il l'avait trouvée était lui-même sur le chemin du bureau. Ensuite, il avait suffi qu'il lève les yeux sur un panneau de la porte d'Auteuil, pour décider de l'essayer sur l'autoroute. Le choix du jour pouvait varier, cependant, en six mois, il n'avait pas laissé passer une seule semaine sans prendre la route. Il partait tôt pour profiter d'une journée presque entière sur place, mais il avait surtout la phobie des embouteillages. Or avoir eu à retourner chez lui le plongeait maintenant en plein dedans. Il était donc impensable que la moindre portion de son inconscient ait choisi d'oublier ce foutu sac. Alors pourquoi ?

La certitude d'avoir vu quelque chose demeurait, mais le besoin de s'en souvenir précisément s'estompait, laissant place à une lassitude habituelle. Au carrefour de l'Opéra, comme toujours, il soupira à la vue d'un flot de voitures qui attendaient pour tourner à gauche, bloquant au passage toute la circulation. Le panneau d'interdiction était là, en plein milieu de la chaussée, mais non, c'était comme s'il n'existait pas. Tous les jours, en toutes sortes d'occasions les gens violaient les règles. Même les évidences – telles qu'enclencher son clignotant pour prévenir qu'on va tourner et non pas uniquement au moment de le faire – étaient en permanence ignorées. Les gens étaient tout bonnement incapables de se décentrer... Ralentissant par-ci ou hésitant à tourner par-là, il ne leur traversait jamais l'esprit que s'ils savaient où ils allaient, ceux qui se trouvaient derrière n'en avaient pas la moindre idée. Il n'y avait rien à faire contre ça, juste rester vigilant. Se retenir de gueuler pour ne pas se faire abîmer la voiture.

Il refit donc le même trajet qu'à son réveil, s'en remettant à l'itinéraire du système de navigation. Il n'était même pas encore midi et pourtant, le long des grands boulevards, les gens étaient déjà en quête de leur déjeuner. Les uns faisaient la queue devant des guérites de sandwichs, les autres étudiaient les menus extérieurs de brasseries. D'autres encore entraient ou sortaient de magasins avec des sacs. Ça le sidérait toujours qu'il y ait tant de monde dehors. Des gens partout et tout le temps en train d'acheter. S'ils achetaient, ça voulait dire qu'ils travaillaient, mais alors *quand* ? Étaient-ils si nombreux, comme lui, à avoir des boulots qui leur permettaient de gérer leur temps ? À un feu rouge, une fille lui sourit en traversant. Comme à chaque fois, surpris, il répondit trop tard. Il ne se trouvait pas trop moche pour qu'on s'adresse à lui, c'était juste qu'on avait beau lui dire qu'il ressemblait à Edward Norton dans *Fight Club*, il aurait de beaucoup préféré être Brad Pitt... Oser porter les mêmes fringues barrées, dresser ses cheveux avec plein de gel et surtout être foutu pareil. Malheureusement, il était trop timide pour changer de dégaine, ses cheveux trop fins devaient rester courts sous peine de raie sur le côté, et si pendant un temps il s'était astreint à faire de la gym, sa silhouette s'était affinée au lieu de s'épaissir, si bien qu'il avait fini par laisser tomber.

À la Concorde il gagna le souterrain sur la gauche, et entre les ponts de l'Alma et d'Iéna, il eut comme chaque fois un regard vers le pylône de Lady Di. Il se demandait toujours si les gens qui passaient là matin et soir y pensaient aussi. Étrange, tout de même, de rouler là où quelqu'un a trouvé la mort, comme si de rien n'était... Après la Maison de la Radio il bifurqua à droite, sans un regard pour la vitrine du concessionnaire Porsche, peu sensible à la Turbo exposée, trop massive avec ses grosses grilles d'aération latérales et son imposant aileron fixe. Il rattrapa ensuite la rue La Fontaine, où au bout l'attendrait enfin la porte d'Auteuil.

***

À la sortie du tunnel de Saint-Cloud, il commença à se sentir plus léger et se décida à mettre de la musique. Déçu par les albums, sur lesquels il n'aimait généralement que les singles, il n'écoutait maintenant plus que des BO. Qu'elles le maintiennent dans l'ambiance d'un film qui lui avait plu, qu'elles l'inspirent quand il travaillait, ou que tout simplement elles servent de bandes-son à ses petits voyages – entre celles qu'il gardait telles quelles et les autres, qu'il compilait sur son graveur, elles accompagnaient désormais presque tout son quotidien. Cette fois il opta pour *Vanilla sky*, qui débutait par REM, moment du film où Tom Cruise roule en voiture et que tout va encore bien, démarrage jubilatoire de la bonne journée par excellence.

Une quarantaine de kilomètres le séparaient du premier péage. Il ne pleuvait pas par ici. Si le site de Météo France disait vrai, ce ne serait pas non plus le cas à l'arrivée. Les bois défilaient avec régularité, achevant son soulagement d'être en route. Il lui faudrait toutefois se montrer encore un peu patient. Dès Rocquencourt, il y aurait bien une série de virages qu'il pourrait prendre assez serrés, puis une jolie ligne droite jusqu'au péage. Mais l'histoire des flics qui confisquent la voiture et vous laissent repartir à pied est tout sauf un mythe...

***

Alors qu'il s'immobilisait derrière une Scénic qui prenait son ticket, une Audi TT noire vint se ranger sur sa gauche. Ça continuait de lui faire quelque chose quand il en voyait une... C'était ce qu'il aurait, s'il n'était pas tombé sur cette 993 d'occasion au même prix qu'une TT neuve. Longtemps il en avait voulu une. Ne sont-elles pas des sortes de petites sœurs des Porsche ? Ne sont-elles pas, quelque part, *aussi* belles ? Une Porsche vue du dessus évoque le galbe des hanches d'une femme – dotée d'une sacrée paire de couilles avec son moteur à l'arrière. Mais sur l'Audi TT, dont la ligne est beaucoup plus design, beaucoup plus épurée, la rondeur et la douceur des courbes rappellent la perfection d'un bronze... Parfois il était gêné de rouler en Porsche, il trouvait déplacé d'en posséder une avant la quarantaine. Mais les branleurs qui conduisent les Audi TT ont fini par en gâcher l'image. Des mecs sortis de leurs écoles de commerce qui la considèrent comme un simple accessoire, au même titre qu'une montre ou qu'une paire de chaussures. Celui qu'il pouvait distinguer de profil n'échappait pas à la règle, ridicule avec sa veste, sa chemise et sa cravate noires ton sur ton. Pour clore le tout, il avait collé le sigle *Quattro* sur sa calandre alors que ce n'en était même pas une... Inutile d'avoir le nez dessus pour le constater à la taille des jantes, l'absence du second pot le trahissait. Il avait tellement aimé cette voiture, que maintenant ce genre de choses déclenchait en lui des réactions épidermiques. Il reporta son regard sur la Scénic devant qui ne bougeait toujours pas. Ça aussi ça l'énervait, les gens qui se permettent de faire attendre à ce point. Qui sortent leur Carte Bleue au dernier moment au lieu de la préparer à l'avance, puis remettent la carte dans le portefeuille, puis le portefeuille dans la veste – et pourquoi pas descendre pour ranger le coffre ?

L'Audi TT était déjà loin devant quand la barrière se leva enfin pour lui, mais peu importait. Il n'y avait qu'un seul genre de défi pour l'interpeller, depuis qu'une nuit il avait été le témoin de cette pure folie... Il était arrêté à un feu du boulevard Saint-Germain, dans son ancienne Polo, quand il avait entendu le plus formidable des vagissements arriver dans son dos. Deux modèles identiques de Porsche 911 993 Carrera 4S étaient venues se ranger de chaque côté. Noire pour la femme à gauche, bleu iceberg pour l'homme à droite, comme la sienne désormais. Les moteurs avaient continué de vrombir en attendant que le feu passe au vert, et jamais, par la suite, il n'avait pu oublier ce bruit. Quand ils étaient repartis, il était resté sur place à regarder leurs feux arrière diminuer dans la distance, se demandant avec fièvre s'ils se connaissaient. Il avait eu sa réponse en les retrouvant garés en double file devant le Drugstore. Comble de tout : les immatriculations se suivaient, les deux voitures avaient été achetées en même temps ! Ce cliché demeurait depuis son plus grand fantasme...

De l'autre côté du péage, comme personne n'attendait dans son rétroviseur, il se permit de faire durer le plaisir. Devant lui : une parfaite ligne droite de près de cinq kilomètres, et pas une bagnole de flics à l'horizon. Il coupa la musique, prit sa respiration et se concentra. Le site de Porsche affirmait qu'on pouvait effectuer les 0 à 100 en 5,6 secondes. Jamais encore il n'y était parvenu. Manque de technique ou irréalisable ailleurs que sur circuit, il fallait qu'il sache. Il fit rugir le moteur quelques secondes, puis écrasa la pédale en même temps qu'il enclenchait le chronomètre de son portable. Il passa une longue première, aussitôt violemment collé au siège, il passa la seconde, frôlant chaque fois la zone rouge pour le simple plaisir d'entendre le moteur. Il ne regardait pas l'aiguille de la vitesse, uniquement celle du compte-tours. À la troisième, la sensation de puissance se régula, il était à 100 km/h en 6,8 secondes, loin du compte, mais il n'en poussa pas moins un long hurlement de cow-boy. À la quatrième il atteignit les 150, à la cinquième les 180, puis là il se calma. Une côte se profilait et il entama la montée, la puissance lui faisant dépasser tous les autres, obligés de décélérer. Il resta sur la file de gauche un moment, puis immanquablement, il arriva en vue d'autres voitures qui ne se rabattaient pas assez vite. Il était dégoûté que ça prenne déjà fin, au péage suivant il y aurait peut-être trop de monde pour remettre ça. Mais il se consola en songeant au type de la TT qui avait dû être écœuré de le voir passer.

***

À la sortie de l'autoroute, il baissa enfin sa vitre. Ça commençait à sentir la mer, et il ne pleuvait pas. Les derniers kilomètres étaient les plus excitants mais aussi les plus agaçants. Les ronds-points se succédaient, et dès qu'il y avait un peu de monde ça saturait. Même si ce n'est pas écrit dans le code de la route, dans ces cas-là, le seul moyen de ne pas y passer la journée est d'alterner la priorité. Ben non, faut pas rêver, *jamais* une personne venant de la droite ne cédera le passage à une autre venant de la gauche. Enfin inversement sur les ronds-points. C'est comme ceux qui grillent les feux rouges dans les embouteillages : même si ça bloque le flot perpendiculaire, rien à foutre, pas question de reculer.

Aux abords de la gare il tourna en direction du port. Maintenant il contournait toujours la ville plutôt que de la traverser. Il avait découvert Deauville par hasard, à force de rouler, et sans aller jusqu'à se considérer comme un habitué, il était certain de partager le point de vue de ses habitants envers les visiteurs. Deux mille cinq cents personnes l'hiver, cent cinquante mille l'été... Et le reste de l'année, il suffit d'une éclaircie pour voir débarquer les Parisiens.

Ils arrivent dès le vendredi après-midi et la ville s'en

trouve instantanément transformée. Les voitures d'abord, des voitures partout, pare-chocs contre pare-chocs dans absolument toutes les rues. Toyota Rav 4 pour les mères et les filles, Golf ou Audi TT pour les fils, Mercedes ou gros 4X4 pour les pères. Les filles sont toutes blondes et sapées comme leurs mères – ou est-ce les mères qui s'habillent comme elles ? Tee-shirts Dolce & Gabbana ras du nombril, jeans Diesel jaune pisseux, mocassins Gucci et porte-monnaie Prada qui brillent dans les rayons de soleil, et pourtant, tout ça semble sorti d'un Prisunic... Les mecs, eux, sont restés bloqués au joueur de polo sur la poche de la chemise. La journée, les plus jeunes investissent la place Morny, assis sur leurs scooters à comparer leurs téléphones portables, tandis que les plus âgés s'étalent aux terrasses des cafés où les serveuses font les frais de leur absence d'éducation. Bien entendu, tout ce petit monde ne met jamais les pieds à la plage. Le soir, les premiers terminent au cinéma, toujours en VF, tandis que les seconds se rendent d'abord au casino – le Caz' comme ils disent –, où on ne les laisse s'approcher que de la Boule, avant d'atterrir immanquablement aux Planches, la seule boîte des environs. Les parents, eux, envahissent les restaurants.

Ils sont tous parisiens, et les pires selon lui. Ils sont bruyants, ils sont arrogants et ils sont nombreux. Parents comme enfants ne se déplacent qu'en bande, encombrant les trottoirs où ils s'arrêtent pour se parler à tout bout de champ car ils se connaissent tous. Méprisants envers les autres, vulgaires avec leur argent, aucune discrétion, aucune humilité. Pourtant ils ne sont pas multimillionnaires. Tout au plus assez aisés pour acheter ou louer une maison dans le coin. Bien sûr c'est pour eux qu'on a ouvert des Vuitton, Hermès, Weston et autres Bang & Olufsen. Mais si leurs impôts locaux font vivre la ville, ils ont l'inélégance absolue de montrer qu'ils le savent. À ça vient maintenant s'ajouter la racaille du 93, entassés à cinq dans leurs 106 archi tunnées, toutes sonos hurlantes. Et l'Office du tourisme de continuer d'annoncer que « Deauville, grande dame du bord de mer et station balnéaire la plus glamour des côtes françaises, symbolise l'élégance, le prestige et le raffinement »...

La plage, au moins, près de dix kilomètres à perte de vue, fait partie d'un littoral protégé. Ici, pas d'énormes immeubles comme sur la Côte d'Azur. Rien que des maisons et quelques résidences de quatre ou cinq étages, mais toutes regroupées du même côté. Évidemment, les fameux colombages normands sont maintenant peints en trompe-l'œil à même le béton, mais au moins y a-t-il un souci d'harmonie. Même les massives constructions Barrière comme l'hôtel Normandy, le Royal ou le casino se fondent dans le paysage. Hors saison, la plage est toujours propre et toujours déserte, on n'y voit que rarement des chars à voile ou des kitesurf. Parfois quelques chevaux, et lorsque le cavalier est du coin, c'est agréable à suivre du regard, tout en sobriété. Pas comme les Parisiens, comme on le lui avait un jour fait remarquer, qui déboulent au triple galop, sans se soucier qu'un cheval peut être effrayé par un chien ou perdre une patte en se coinçant un sabot dans un trou.

Il ouvrit son sac, en sortit ses bottes en caoutchouc et entreprit de retirer ses baskets. Il avait retraversé la ville pour ces foutues bottes. Il aurait pu se permettre le luxe d'en racheter en arrivant. Mais s'il aimait l'idée de pouvoir le faire, il aimait plus encore ne pas y céder.

La mer n'est pas franchement belle dans le Calvados, rien à voir avec le Sud, on dit même qu'elle forme une vague tache maronnasse quand on la survole en avion. Mais cette couleur opaque et terne lui plaisait : ce qu'elle cachait restait invisible. Aujourd'hui elle était parfaitement plate, semblable à un lac. Même le dernier petit rouleau d'écume n'affluait que dans un vague chuchotement. Au loin, sur la droite, on devinait le port du Havre, mais pas un seul gros bateau n'entachait l'horizon. Voilà ce qu'il était venu chercher : la réalité de cet infini. C'était cette étendue de sable qu'il allait arpenter des heures durant sans s'en lasser, et c'était à cette étendue d'eau que son regard allait s'accrocher, enfin apaisé.

2

Il reposa son crayon, se laissa aller contre le dossier de son siège, s'étira. Puis s'aidant du rebord de la table, il pivota sur les roulettes pour faire face à la pièce. Tout était toujours si calme quand il se retournait, si net. Si apaisant comparé au foutoir apocalyptique de ses tables de travail. Il tendit le bras pour attraper une cigarette et embrassa la pièce du regard.

Dans cette étroite cour pavée sans voitures, il occupait l'avant-dernier loft du rez-de-chaussée. Vu de l'extérieur ils étaient tous identiques, vitrés sur leur longueur à partir de deux mètres, avec une lourde plaque de métal peinte en blanc en guise de porte. Le sien était simplement le seul habité, les autres se contentant d'accueillir des bureaux de presse ou de style. L'espace était composé d'un rectangle dans le sens de la largeur, puis une ouverture sans porte donnait sur un second rectangle un peu moins profond, le tout sous cinq mètres sous plafond. À gauche en entrant s'étendait son bureau en forme de « L », à droite le coin était pris par un canapé d'angle avec une table basse ; le fond à gauche restait vide, tandis qu'à droite se trouvait la cuisine avec le bar. Dans la seconde pièce, le côté gauche était réservé à son home-cinema, avec derrière, le dressing séparé par une cloison ; et à droite étaient installées la chambre puis la salle de bains. La totalité des murs étaient blancs, et il avait fait recouvrir le sol d'un parquet de chêne massif clair, de même teinte que les quelques meubles et rangements. Une demi-douzaine de radiateurs noirs en verre réchauffaient le tout, et autant de lampes halogènes en aluminium brossé palliaient le manque de lumière dû à la hauteur des fenêtres.

Financièrement il avait eu beaucoup de chance. Les peintures avaient été refaites à la vente, l'électricité existait déjà, les points d'eau aussi, et il avait emporté le tout pour une bouchée de pain : cent quarante mètres carrés pour seulement neuf cent mille francs... À ça était venue s'ajouter une certaine somme pour la salle de bains et la cuisine, mais l'économie faite sur les frais de conception, en dessinant tous les plans lui-même, avait compensé les prix des matériaux. Et comme l'intégralité des meubles et des rangements avaient été réalisés à moindre coût par Élisabeth, sa meilleure amie, il lui était encore resté de quoi assouvir ses quelques onéreux fantasmes. Canapé d'angle Molteni & C, petit écran plasma sur le bar de la cuisine, home-cinema de l'autre côté, et enfin le second canapé devant. Certes la touche la moins originale de son intérieur, mais qui, devant ce modèle exposé année après année, ne s'est pas assis dedans au moins une fois, en se jurant qu'un jour il le rapporterait chez lui... le profond trois places « Maxime » de Habitat.

Le revers de tout cela avait juste été la durée des travaux : treize mois au lieu de trois. Quelqu'un avait merdé les mesures du granit de la salle de bains, et les entreprises passant leur temps à se rejeter la faute, il avait dû faire appel à un expert qui avait gelé le chantier. Il avait alors eu la chance de trouver un deux pièces à louer dans un immeuble voisin, mais la suite s'était transformée en cauchemar. Il avait cru que la frustration, ce serait de devoir attendre d'être installé avant de pouvoir faire toutes les acquisitions qu'il avait en tête, – elle fut tout autre. En visitant l'appartement, il avait bien remarqué que la cage d'escalier était sur le point d'être repeinte, mais étant venu un soir, comment aurait-il pu deviner que derrière les portes fermées, un appartement sur deux était en pleine rénovation ? Chaque matin, à huit heures tapantes, les ouvriers s'éparpillaient à tous les étages et ça commençait. Trépidations bondissantes de marteaux-piqueurs, coups de masse qui ébranlaient les murs, fracas de gravats précipités dans des tubes accrochés aux balcons pour dégringoler dans des bennes en dessous. Même les week-ends n'offraient pas de répit. Les mecs venaient peut-être moins nombreux et pour des tâches moins bruyantes, mais jamais, absolument jamais il n'avait pu tendre l'oreille et n'entendre *rien*.

Tout cela avait beau dater de près d'un an, le souvenir qu'il en gardait demeurait intact, et sa seule consolation était d'avoir pu coller son poing dans la gueule du propriétaire. Celui-ci possédait en fait l'appart du dessus, ainsi que deux autres sur le même palier, soit les trois chantiers qui le touchaient le plus directement – et il ne lui avait rien dit. Il savait que travaillant chez lui, il allait vivre un enfer – et il ne lui avait rien dit. Alors oui, il s'était explosé les phalanges sur ses dents et lui en avait cassé deux. Le type avait menacé de porter plainte, de le poursuivre pour abus de confiance, et chacun était reparti de son côté.

Il poussa un profond soupir, écrasa sa cigarette et refit pivoter son siège. Sur ses tables de travail, le chaos semblait grandir chaque jour. À sa droite : la tour du G4, l'écran, l'imprimante, le scanner, le graveur, le fax, la minichaîne, et partout en équilibre des piles de boîtiers de CD, de logiciels, de CD-Rom, de manuels. Là ça restait gérable, alors que sur l'autre table, devant lui, la planche à dessin inclinée et fixée au centre était sur le point d'être engloutie. Multitude de mugs regorgeant de feutres, fusains, crayons, pinceaux ; fatras de gommes, paires de ciseaux, règles, équerres ; le tout parsemé de pelures de taille-crayon et même de cendre ; l'ensemble achevant de crouler sous d'innombrables bouts de papier scotchés jusque sur les pieds télescopiques des quatre lampes-grues. Même les deux meubles de bois à tiroirs, sous les tables, contenant les feuilles et les tubes de peinture, devenaient impraticables avec tous les fils qui couraient.

Comment pouvait-il supporter un tel foutoir quand pour le reste il avait besoin d'une netteté quasi clinique ? La réponse lui en apprendrait certainement long sur lui-même, mais il verrait ça une autre fois. Même quand il avait la flemme de travailler, comme aujourd'hui, quelque chose lui interdisait de s'écouter. Il alluma donc une autre cigarette, reprit le crayon qui attendait et se repencha sur le dessin. L'ordinateur sur veille ronronnait, la BO de *Basic instinct* déroulait calmement sa suite d'instrumentaux, et bientôt, protégé par les quatre lampes recourbées sur lui telles de bienveillantes gargouilles, il fut de nouveau aspiré par le paysage sur la feuille. Quiconque serait alors entré aurait pu ne pas le remarquer, tant il ne faisait plus qu'un avec le bureau. Et pour cause : rien de ce qui le décevait au dehors n'arrivant plus jusqu'à lui, il partait loin dans sa tête et n'était tout simplement plus là...

***

Travailler dur était ce qui lui avait permis d'accéder à une vie plus confortable que la majorité des gens, et ne jamais y déroger lui permettait de continuer.

Il n'avait jamais fonctionné autrement. Ses premières BD casées ça et là à seize ans, ses premières commandes d'illustrations à dix-huit, l'équipe de conception de jeux intégrée à vingt, et enfin l'association avec Mathieu, rencontré là, pour leur première création. Deux années à bosser comme des acharnés, dormant dans le local qui leur servait de bureau, ne mangeant que des plats à emporter et utilisant les douches qui se présentaient. Et ça avait payé. Un bouche à oreille formidable, les premières rentrées réinvesties dans la pub pour attaquer le reste de l'Europe, et les ventes avaient dépassé toutes leurs espérances. Le jeu s'était vendu à près de cinq cent mille exemplaires, et à ce jour ils avaient empoché plus de deux millions chacun... Mathieu avait tout de suite monté sa boîte, mais lui avait préféré s'offrir le loft et tenter sa chance en free lance. La réputation du jeu faisait désormais affluer les propositions, pour lui comme pour Mathieu avec sa « nouvelle petite structure capable de rivaliser avec Ubi Soft ou Infogrames ». En ce moment il travaillait justement pour Mathieu, sur la totalité des décors d'un nouveau jeu, et c'était donc à son « bureau » qu'il se rendait chaque semaine, porte d'Auteuil. Un contrat de cent quarante mille euros. À vingt-neuf ans. Ça foutait le vertige.

Il avait compris qu'il devrait gagner plus que les autres l'année de ses dix-huit ans. Le jour où Jeanne était morte. Le jour où elle l'avait envoyé acheter un journal pour que ça n'arrive pas en sa présence. Ce jour-là, dans la cour de l'hôpital, il s'était assis sur un banc et avait regardé les quelques personnes qui faisaient les cent pas. Des hommes et des femmes en robes de chambre sortis fumer ou prendre l'air. Des hommes et des femmes au ralenti, visiblement seuls et totalement démunis. Des gens qui avaient dû avoir une vie, mais dans le regard desquels il avait lu l'envie, prisonniers de cet hôpital alors que lui était libre de s'en aller. À cet instant précis, il avait su qu'il lui faudrait gagner beaucoup. Gagner de quoi ne jamais perdre sa liberté. Si un jour il devait finir malade et seul lui aussi, qu'au moins ça se passe ailleurs qu'entre les murs d'un hôpital. Ailleurs que dans une chambre à fixer une télé commune suspendue au plafond. Ailleurs qu'entouré d'autres désespérés...

Jamais il n'avait eu aussi peur que ce matin-là, et jamais il ne l'avait oublié.

Quelques semaines plus tard, le jour de ses dix-huit ans, il était allé faire la demande pour porter le nom de la vieille dame. Elle qui n'avait jamais pu l'adopter. Qui avait juste obtenu de l'orphelinat qu'il finisse par s'installer chez elle. Maintenant, parfois, il se consolait en songeant qu'elle avait au moins eu le temps de le voir démarrer sa « carrière ». Mais la plupart du temps, quand il pensait à elle, il était triste. Non pas d'être seul, une fois de plus, mais parce qu'il la soupçonnait d'avoir attendu ses dix-huit ans pour laisser sa maladie prendre le dessus. Onze ans plus tard, tout ce qu'il pouvait maintenant s'offrir, il était dégoûté de ne pouvoir le lui redonner. Et rien que pour ça, même quand il avait envie de faire une pause, de souffler un peu, il continuait de donner le maximum pour toujours se montrer à la hauteur de ce qu'il avait reçu.

***

Quand il leva les yeux de la feuille, il était épuisé et en retard pour son dîner, mais heureux. Il avait les épaules détruites d'être resté penché et la nausée d'avoir autant fumé, mais peu importait. La journée s'était écoulée sans qu'il en ait conscience, et c'était l'essentiel. Aucun souvenir de s'être levé pour aller pisser ou vider le cendrier, aucune idée de combien de fois le téléphone avait sonné ou de qui avait parlé sur le répondeur. Il n'avait plus le temps de se laver ni de se changer, mais pour une fois ça lui était égal. Il fallait marcher dix minutes jusqu'au parking, se taper les embouteillages jusque chez Élisabeth, puis de nouveau jusqu'au restaurant, mais il s'en foutait. Il courut quand même dans la salle de bains rincer ses mains noires de crayon. Son reflet dans le miroir lui renvoya le col trop lâche de son tee-shirt blanc et les taches de feutre qui le maculaient, mais c'était ça ou ne plus avoir de table, ce qu'Élisabeth lui pardonnerait encore moins. Il ramassa ses clés sur le bar, attrapa son blouson en cuir sur le canapé, s'assura que son portefeuille s'y trouvait et claqua la porte.

Comme toujours, en remontant le faubourg du Temple, il y avait tant de monde sur le trottoir qu'il devait slalomer pour avancer. Pour une fois, il constata avec plaisir qu'il ne ressentait aucun malaise dans cette foule. En fait, il faudrait qu'il se borne à ne sortir de chez lui qu'après avoir bien travaillé. Il n'y avait que dans ces moments-là qu'il se retrouvait bien disposé vis-à-vis du monde extérieur. Dès lors qu'il était content de lui, certain d'avoir donné le maximum et le meilleur de lui-même, ce qui se passait au dehors ne pouvait pas venir entamer son sentiment de complétude.

Sa place de parking était au niveau moins trois, profondeur à laquelle il n'aimait pas trop descendre, comme si l'air s'y raréfiait. Mais son emplacement, tout au fond de l'allée, laissait la voiture apparaître petit à petit dans la distance. Et chaque fois qu'il la redécouvrait, immobile et rutilante dans le sous-sol silencieux, il était frappé par sa perfection et avait un instant d'hébétude avant de se souvenir qu'elle était à lui.

Il resta quelques secondes à écouter le bruit du moteur, l'incomparable et mythique rugissement du système à refroidissement par air. Les propriétaires de modèles postérieurs à la loi sur les normes de pollution et de bruit ne devraient pas être considérés comme de vrais porschistes... Véritable faute de goût que le nouveau système à refroidissement par liquide. Ça laisse entendre un ronronnement quelconque, trop feutré, trop loin de ce qui fait la particularité du bruit d'une Porsche.

Il fouilla dans les CD de la boîte à gants, en sortit la BO de *Charlie's angels*. Il entra ensuite sa destination dans le système de navigation, puis tout en s'engageant dans la rampe d'accès, il enfonça son oreillette de kit piéton et fit apparaître le numéro d'Élisabeth.

***

Il aimait bien ce rituel de dîner hebdomadaire. Ils l'avaient instauré pour remédier à l'aberration d'habiter la même ville sans jamais se voir.

Les amitiés naissantes provoquent l'enthousiasme, mais les anciennes, qui prend la peine de les nourrir ? Tout le monde s'accorde à dire que ne pas se voir pendant un mois n'est pas grave, qu'on se retrouve comme si on s'était quittés la veille. Grossière erreur : les proches ne se plaignent pas car l'ancienneté est censée rendre compréhensif, mais ça ne veut pas dire qu'ils ne sont pas blessés. Et c'est comme ça qu'on les perd, en les décevant. À force de les annuler, de les reporter indéfiniment. En n'étant pas là pour écouter ce qui change dans leurs vies et qu'ils finissent par aller confier à d'autres. Les gens disent que c'est « la faute de Paris » : à connaître trop de monde, à avoir trop de choix possibles et à devoir faire la queue partout, on finit par ne plus rien faire ; alors qu'en province, il suffit de se planter sous les fenêtres de quelqu'un pour lui crier de descendre boire un verre. En fait, tout vient de cette phrase étrange qu'on entend sans arrêt : « Je suis débordé(e). » Une phrase pareille n'existait sûrement pas il y a encore cinquante ans... Les gens font-ils beaucoup plus de choses qu'avant, ou bien le rythme de leur quotidien s'est-il accéléré ? À moins qu'ils soient juste devenus impatients. Maintenant ils veulent du riz à cuisson rapide, des réservations pour le cinéma et des meubles payables dans cinq ans. Même avec la diminution du temps de travail ils trouvent le moyen de ne pas s'en sortir. En même temps, dès qu'on leur permet d'en faire moins, on leur met sous le nez de quoi en faire toujours plus. Les magasins de bricolage et de jardinage font fortune dans les zones industrielles. Dans certains quartiers les boutiques restent ouvertes le dimanche. On ne se contente plus de recevoir des pubs pour des cours de danse ou de piano, on peut désormais apprendre à jouer du tam-tam de Mozambique ou à parler le chinois. Des choses qui ne serviront jamais à rien, mais qui donnent l'impression de les entreprendre pour soi. Sans parler de toutes les nouvelles formes de divertissement qui fleurissent : défilés de mode sur les quais de métro, pièces de théâtre dans les laveries automatiques, lectures de poésie dans les terrains vagues et vernissages partout où il est possible d'accrocher quelque chose. Ces endroits où on se rend soi-disant pour voir et se voir, mais où on finit par ne faire ni l'un ni l'autre à force de faire les deux à moitié.

Ce rituel de dîner avec Élisabeth lui apportait l'équilibre parfait. Il lui permettait de rester enfermé encore plus longtemps, de sorte que le jour venu, ça lui faisait enfin du bien de mettre le nez dehors. Le restaurant n'offre pas la plus grande intimité, il n'y a jamais moyen d'empêcher les voisins de profiter de la conversation ou d'être témoin de la leur, mais ça reste une occasion pas trop grotesque de mélanger envie de se voir et besoin de prendre l'air. Retrouver Élisabeth, passer au bureau ou partir pour Deauville étaient les seuls moments où il sortait vraiment de chez lui. Et plus le temps passait, plus ce schéma semblait le bon.

Élisabeth vivait derrière le Trocadéro, dans une de ces petites rues où les immeubles sont encore des maisons précédées d'un jardin. Une de ces rues d'où ne monte jamais un bruit hormis celui des camions poubelles. Une de ces rues où il est encore possible de laisser un coffre grand ouvert pendant qu'on le décharge... Élisabeth habitait le rez-de-chaussée de l'hôtel particulier de ses parents partis dans le Sud. Au quotidien, elle dessinait des gammes de meubles commandés par des magasins comme Conran. Mais son truc c'était les modèles uniques qu'elle réalisait pour des décorateurs. Travailler le bois, le dégrossir, le façonner, de préférence des pièces massives. Tâche très physique qu'elle parvenait à assumer malgré son frêle gabarit. Elle avait trente-cinq ans et était à peu de choses près le sosie d'une actrice qu'il lui semblait être le seul à avoir remarquée : une fille appelée Laure Killing, qu'il avait vue dans un seul film, *Faux et usage de faux*. Élisabeth avait les mêmes cheveux bruns coupés court, la même pâleur dans un visage anguleux, et le même regard sombre, tour à tour fiévreux et absent. À la fois tout à vous et jamais complètement. Sa silhouette dégingandée rappelait celle d'Inès de La Fressange, qu'il croisait parfois au Bon Marché, mais contrairement à celle-ci, qui n'hésitait pas à mouler sa maigreur, Élisabeth s'efforçait de noyer la sienne. Généralement dans des pantalons amples et fluides à la taille haute, qu'elle portait avec des chemises d'homme ouvertes au troisième bouton sur ses clavicules apparentes. D'une rare délicatesse dans les gestes, elle avait les attaches fines malgré les muscles que ses bras développaient en travaillant. Les quelques bijoux qu'elle ne quittait pas avaient la discrétion de l'or blanc, et qu'elle fût assise dans son canapé à prendre le thé ou à quatre pattes dans la sciure de son atelier, elle ne se départait jamais de son élégance innée. Une femme d'un autre temps.

Elle était célibataire depuis trois ans, apparemment ravie de le rester, et elle vivait avec deux braques qu'elle emmenait chaque jour au bois de Boulogne. C'était comme ça qu'ils s'étaient rencontrés. Lui accompagnait Mathieu qui venait de prendre un golden retriever, et les trois chiens s'étaient arrêtés pour se renifler. Bien entendu, il était tombé amoureux au premier regard, et bien entendu, il n'en avait rien dit. Elle était en train de divorcer d'un type plus vieux, c'était ça son genre, et lui, plus jeune qu'elle, ne s'était pas senti à la hauteur. Pourquoi elle lui avait aussitôt offert son amitié, il ne l'avait jamais compris. Il se trouvait juste qu'aujourd'hui, cinq ans plus tard, chacun était devenu indispensable à l'autre. Ils partageaient le même acharnement dans le travail, la même farouche indépendance, le même écœurement devant le comportement des gens en général, et surtout le même idéal : sortir de chez eux le moins possible ! D'où la nécessité de ce rituel.

En s'arrêtant devant la porte, il baissa la musique, klaxonna légèrement puis s'empressa de baisser les deux vitres pour aérer l'odeur de cigarette. Élisabeth sortit au même moment et se contenta d'un discret sourire pour remercier de l'attention. Il descendit lui ouvrir la portière, et elle fit mine de ne pas relever sa tenue débraillée, alors qu'elle portait un tailleur ravissant et était impeccablement coiffée et maquillée.

« Je suis désolé, balbutia-t-il, j'ai bossé non stop, faut que j'te raconte, j'ai super bien avancé. »

Et elle sourit de nouveau, comme pour dire que les femmes feraient toujours des efforts là où les hommes en seraient toujours incapables.

***

Plus tard, il verrait les choses d'une tout autre façon. Mais sur le moment, il n'en revint pas de jouer de malchance à ce point.

Dans leur thaï préféré, rue Étienne-Marcel, on leur répondit que l'endroit allait exceptionnellement fermer plus tôt et qu'ils n'avaient plus le temps de commander. Dans un chinois qu'ils aimaient aussi rue Saint-Jacques, on leur annonça plus d'une heure d'attente. Dans un autre chinois, rue Descartes, ils trouvèrent la salle réservée par un mariage. Pour finir, ils tentèrent un autre chinois, où ils n'étaient pas allés depuis longtemps, et tombèrent sur un écriteau de fermeture définitive. Élisabeth n'aimait manger qu'asiatique quand elle sortait, aussi suggéra-t-elle qu'ils se rabattent sur Belleville. Il n'était pas très chaud à l'idée de retourner d'où il venait, et encore moins de dîner dans son quartier qu'il n'appréciait plus. Mais Élisabeth insista : le restaurant qu'elle avait en tête était assez grand pour qu'il reste des tables, même s'il décidait de d'abord passer par son parking, et il était temps qu'il sache ce qu'il pouvait trouver à deux pas de chez lui. Il avait fini par accepter, et maintenant qu'ils longeaient le boulevard de Belleville, il avait la flemme d'aller au parking pour y retourner ensuite afin de raccompagner Élisabeth. Il priait donc juste intérieurement pour qu'il n'arrive rien à la voiture.

En s'engageant dans la rue du restaurant, il vit une place mais la jugea trop petite et la dépassa. Puis il changea d'avis, et après un bref coup d'œil dans le rétroviseur, il entreprit une rapide marche arrière. Un coup de klaxon appuyé monta tandis qu'il reculait. Sur sa droite, au volant d'une Golf noire, une blonde le fusillait du regard. Il l'avait vue s'engager à son tour dans la rue, mais rien n'indiquait que la place l'intéressait, pas de clignotant ni rien. Il fit descendre la vitre du côté d'Élisabeth, se pencha et lança qu'il était désolé, il n'avait pas compris qu'elle voulait la place.

« Ouais c'est ça ! cria la fille en retour, connard ! » Elle fit nerveusement signe qu'il l'empêchait de passer, il acheva de se garer et elle donna un violent coup d'accélérateur pour repartir.

Élisabeth leva les yeux au ciel mais il n'en rajouta pas. Ce genre de chose arrivait tout le temps dans Paris, il n'aimait juste pas que ça tombe sur lui, en Porsche il passait immanquablement pour le petit con qui se croit tout permis.

Il ouvrit sa portière, vérifia que les pneus ne touchaient pas le trottoir. Élisabeth descendit. « Tu peux rentrer le rétro ? » lui demanda-t-il, et elle s'exécuta en faisant mine d'être blonde et bête. Il la regarda traverser la rue puis se retourner en trépignant comme si elle avait envie de faire pipi, impatiente de manger. Son tailleur beige était souligné d'une fine ceinture de cuir marron, et le bas tombait impeccablement droit sur des mocassins assortis, lui faisant des jambes à n'en plus finir. Comme d'habitude, elle n'avait pas mis de talons pour ne pas dépasser son modeste mètre soixante-quinze, et c'était le genre d'attention qui lui faisait regretter de ne pas être avec elle. Si délicate, si parfaite... cesserait-il un jour d'avoir du désir pour elle ?

Le restaurant s'appelait le New Nioullaville, il dut relire plusieurs fois l'enseigne avant de parvenir à le prononcer, et en s'installant, il fut frappé par l'ambiance. L'endroit était effectivement immense et ne ressemblait en rien aux autres restaurants asiatiques qu'il connaissait. Ailleurs, hormis quelques objets, les lieux n'avaient de typique que la nourriture car la clientèle était toujours européenne. Mais ici... La centaine de personnes éparpillées étaient toutes asiatiques. Les aquariums géants qui trônaient à l'entrée n'étaient pas là que pour décorer : les serveuses en sortaient des homards vivants, tous appendices frémissants qu'elles emportaient vers les cuisines. Plus loin, un vieux bonhomme, au visage fripé comme une pêche trop mûre, poussait un chariot métallique chargé de containers fumants remplis de vapeurs, qu'il déposait dans les assiettes des gens lui faisant signe.

Il parcourut la carte et fut tout de suite perdu entre les

différentes pages « Chine-Canton », « Chine-Sichuan », « Hong Kong », « Thaïlande », « Viêt Nam », « Cambodge »... Élisabeth, qui le savait frileux avec ce genre de cuisine, lui indiqua un poulet qui devait être à peu près le même que celui qu'il prenait partout. Une table plus loin, il vit une serveuse déposer une assiette contenant la chose la plus répugnante qu'il ait jamais vue : un rectangle d'une matière blanchâtre, un peu comme les morceaux de poisson surgelé mais sans panure, gélatineux et flottant dans une sauce marron. Suivant son regard, Élisabeth expliqua qu'il s'agissait de rouleaux de crêpe de riz aux crevettes et qu'elle allait d'ailleurs commencer par ça. Il simula un haut-le-cœur puis continua de laisser errer son regard. Sur le long comptoir dans le fond trônait un imposant chat en porcelaine dorée. Assis sur ses fesses comme un nounours, il avait une tête énorme, les yeux clos dans une sorte de méditation, et un écriteau couvert d'idéogrammes pendait autour du cou. Élisabeth dit que ça s'appelait un *manekineko* et qu'il était là pour porter chance et faire venir les clients. Il nota que les gens qui mangeaient dans des bols avaient quasiment le nez dedans, et que les autres, dont les assiettes étaient remplies de choses d'apparence non comestible, avaient vraiment l'air heureux de ce qu'ils avalaient. Il nota tout cela et en éprouva un mélange de fascination et d'appréhension, comme s'il venait d'atterrir au cœur de l'Asie sans trop savoir ce qui l'attendait. Puis se souvenant de la journée qu'il venait de passer et des nouveaux décors qu'il avait amorcés, il alluma une cigarette et en reprit le récit là où il l'avait laissé en se garant.

***

Plus tard, oui, il verrait les choses différemment. Mais là tout de suite, la découverte dépassait l'entendement. Il en avait eu l'intuition à table. Il l'avait senti venir, ou plutôt il avait su que c'était *déjà* fait. Il l'avait dit à Élisabeth qui l'avait traité de parano en riant.

Maintenant il était planté là, à regarder sans voir. Comme lorsqu'on a fortement appréhendé quelque chose, et qu'une fois en face, on n'y croit pas, tellement on n'en revient pas que ce soit pour de bon. Sa première réaction fut de s'accroupir et de passer son doigt, mais il n'y avait aucune chance que ça parte au polish, c'était bien trop profond. Il fit minutieusement le tour de la voiture, heureusement il n'y avait rien d'autre. La rayure couvrait la totalité de la portière. La fille devait avoir été envahie d'une sacrée rage pour trouver la force physique d'infliger ça. Le sillon creusé était rempli d'éclats de métal provenant directement de la carrosserie. Ça commençait peu après la charnière et ça s'étendait jusqu'à l'ouverture de la porte. Son geste avait-il été arrêté quand sa main avait buté contre la rainure, ou bien parce qu'au-delà la courbe bombée de l'aile aurait compliqué la continuité ? Avait-elle été surprise par l'alarme, et si oui, pourquoi ne l'avait-il pas entendue ? Était-elle retombée sur la voiture à force de tourner à la recherche d'une place, ou avait-elle attendu de le voir entrer dans le restaurant ? Elle avait fait ça à moins de trente mètres de lui...

« Ça t'ennuie qu'on jette un œil cinq minutes ? demanda-t-il à Élisabeth. Elle est peut-être encore là.

— La fille de tout à l'heure ? Tu crois que c'est elle ? Mais comment tu peux être sûr ? »

Il ne répondit pas, il le savait, c'est tout.

Ils n'étaient pas restés très longtemps à table, il se pouvait qu'elle soit encore dans le coin. Il se demandait ce qu'il ferait s'il la retrouvait. Il reconnaîtrait la Golf à coup sûr, il avait remarqué une couverture beige qui tapissait la banquette arrière, sans doute pour un chien. Il n'avait qu'une envie, massacrer la voiture tout entière. Mais il se ferait aussitôt repérer. Il lui faudrait donc se contenter de l'équivalent – et rapidement. Sauf qu'une rayure identique ne le soulagerait pas, trop un truc de fille, pas de quoi se défouler. Refaire la peinture de la portière allait revenir à trois ou quatre mille francs. Pour le même prix il pourrait crever les quatre pneus, avec un tournevis et une clé à molette en guise de marteau. Ou bien exploser les deux rétros. Ou bousiller tous les phares. Ou encore fracasser le pare-brise avec le cric. Ouais, le cric, et dans la foulée les trois autres vitres. Qu'est-ce qu'elle s'imaginait, sans déconner ? Que parce que ça arrive tout le temps, les gens se disent simplement : « Bah, tant pis, la vie est faite de ça » ?

Élisabeth, qui suivait sans rien dire, finit par proposer qu'ils se séparent pour augmenter leurs chances. Il secoua la tête en signe de refus. Il n'était pas tranquille à l'idée de la laisser errer toute seule dans le quartier, et quelque chose lui disait que si elle trouvait la voiture elle ne dirait rien. Histoire de lui épargner un acte qu'il pourrait regretter. Le silence prolongé dont il faisait preuve était inhabituel et il sentait qu'Élisabeth commençait à s'inquiéter. Pourrait-il tuer la fille ? Certainement pas. Mais s'offrir le luxe du doute, quitte à laisser Élisabeth en proie à un malaise grandissant, oui. Car au fond de lui, il savait qu'il n'allait pas retrouver la voiture, sinon ce serait déjà fait. Il savait qu'il allait devoir laisser tomber, et cela bien assez tôt pour ne pas devoir en plus se calmer dès maintenant.

Ils sillonnaient le quartier, et chaque fois qu'ils revenaient sur leurs pas, la Porsche attendait, là, avec sa rayure étincelante sous le néon du restaurant. Il fallait abandonner, mais il ne pouvait se résoudre à repartir, à s'éloigner de l'endroit où c'était arrivé. Il ne pouvait pourtant pas non plus faire attendre Élisabeth toute la nuit. Elle protesta qu'elle allait prendre un taxi, mais il lui ouvrit la portière et la pria de monter. Espérait-il secrètement retrouver la voiture dans le XVIe, comme si l'allure de la fille laissait supposer qu'elle y vivait ? Avait-il besoin de rouler pour calmer ses nerfs ? Besoin de conduire, pour s'assurer que la voiture existait toujours ?

Il n'ouvrit pas la bouche du trajet et Élisabeth non plus. Il savait qu'elle préférait lui éviter d'avoir à formuler les choses, et il lui en était reconnaissant. Il se retenait même de tourner la tête vers elle, sachant qu'en croisant son regard sincèrement ennuyé, il passerait l'étape suivante, exploserait de fureur... Il ne pouvait s'empêcher de scruter chaque nouvelle rue, chaque nouvelle avenue. Il ne savait toujours pas ce qu'il ferait s'il retombait sur la fille. Si elle roulait, la prendrait-il en chasse ? Si elle était arrêtée, la sortirait-il par le col ? Il ne lèverait pas la main sur elle, mais probablement que dans un premier temps il ferait semblant. Pour lui montrer ce qui aurait pu lui arriver si elle était tombée sur quelqu'un de plus... de plus quoi d'ailleurs ? Plus violent ? Ce n'était pas une question de violence que d'être fou de rage, c'était légitime ! Quelqu'un de moins raisonnable alors ? Ça devait être ça, oui, il était hélas plus raisonnable que la moyenne. Plus conscient. À quoi avait-elle pensé bon sang ?

***

De retour chez lui, fou de rage n'était plus le mot, il était choqué.

Ce n'était pas comme si une bande de racailles s'était défoulée par jalousie. Ce n'était pas non plus une bonne femme aigrie qui avait un compte à régler avec les mecs. Ni une gamine au volant d'une bagnole pourrie ignorant tout des voitures plus chères. La fille avait une trentaine d'années et conduisait une Golf *neuve*. Bien habillée bien maquillée, on lui aurait confié son chien avant d'entrer chez le boulanger. Une fille « bien sous tous rapports », qui avait simplement cédé à un acte de folie passagère comme on dit. Voilà ce qui le glaçait. *Le passage à l'acte*. Il ne l'imaginait pas avoir réfléchi puis être revenue sur ses pas pour entreprendre la chose avec méthode. Elle avait agi sur une impulsion. Si elle avait réfléchi, elle n'aurait pas pris le risque de voir débouler le propriétaire, qui pour le coup aurait pu céder à une pulsion bien plus grave. Une Porsche, bon sang, une Porsche en parfait état et appartenant à un mec. Non, encore une fois, la longueur de la rayure en attestait : la rainure de la porte avait naturellement arrêté sa main. Si elle avait su ce qu'elle faisait, elle aurait continué.

Il y a une grande différence entre brûler de faire une chose et la faire *réellement*. C'est comme tuer quelqu'un. On dit qu'en des circonstances exceptionnelles, on en serait capable. Généralement pour venger la perte d'un proche. Mais on n'en est pas sûr. Car à la base, on n'a pas la case pour. Or maintenant, avec le stress que les gens rencontrent au quotidien, c'est comme si le cran de sûreté avait reculé. Comme s'il n'était plus très loin et qu'il suffisait d'une banale accumulation pour qu'il saute. Voilà ce qui venait de se produire. Une rayure de portière n'était pas un drame en soi – le drame c'était que cette fille avait cessé de *penser*.

3

Le lendemain matin, en se rendant chez le concessionnaire, bloqué dans les embouteillages, il vit un attroupement sur le boulevard Poissonnière. Une femme se débattait des bras d'un flic. À proximité était arrêtée une Fiesta rouge à la vitre côté passager complètement explosée. La femme, le visage tuméfié, était en proie à de violents sanglots que le flic essayait de calmer. Il fit descendre sa vitre et voici ce qu'il entendit :

« Oui, madame, mais fallait pas laisser vot' portable sur le siège. »

La femme baissa les yeux et se remit à sangloter. Il en resta bouche bée, puis derrière ça commença à klaxonner et il dut repartir. Il était au courant de ces histoires de *car jacking* : ces mecs qui au feu rouge vous fracassent la vitre, se servent, et ensuite vous rouent de coups si vous avez le malheur de vous accrocher à ce qu'ils essayent d'embarquer. En revanche, il n'avait encore jamais entendu qu'on accuse la victime de négligence. Et ce qui dépassait tout, c'était que celle-ci acquiesce sans s'en rendre compte.

C'était dingue quand même : maintenant, au lieu de tout mettre en œuvre pour faire reculer les agressions ou les vols, on vous apprenait juste à essayer de les éviter. Et au lieu d'être scandalisé, eh bien on l'intégrait.

Ne jamais rien laisser dans sa voiture garée. Ne jamais oublier de retirer le devant de son autoradio. Ne jamais omettre d'ôter la selle ou/et la roue avant de son vélo. Ne jamais donner le code de son immeuble. Ne jamais laisser un inconnu s'engouffrer dans le hall derrière soi. Ne jamais oublier de verrouiller sa porte d'entrée. Ne jamais oublier de fermer ses volets. Mais ne pas les laisser clos trop longtemps pour ne pas attirer l'attention non plus. Et si quelqu'un pénètre chez vous en pleine nuit, vous avez intérêt à le buter à l'intérieur, parce qu'une fois sur le palier ou dans le jardin ce ne sera déjà plus de la légitime défense. À l'aéroport, plus question de laisser sa valise devant la porte des toilettes pour aller pisser. À la gare, plus question de poser son sac par terre le temps de prendre son billet. Dans le métro, plus question de somnoler sur le siège sous peine de se faire faire les poches. Dans certaines stations, comme Trocadéro ou Havre-Caumartin très fréquentées par les touristes, des haut-parleurs répètent en boucle : « Faites attention aux pickpockets »...

L'attitude de ce flic, c'était comme le dépliant qu'il avait reçu la veille avec sa facture Bouygues :

« En voiture, ne laissez pas votre mobile à portée de vue sur un siège ou sur un tableau de bord. Au restaurant, ne le déposez pas sur une table. Évitez de le tenir à la main quand vous ne l'utilisez pas. Évitez de le mettre dans une poche extérieure d'un vêtement ou d'un sac. Privilégiez la discrétion en utilisant un kit piéton. Soyez particulièrement vigilant pendant les mouvements de foule. Et méfiez-vous dans tous les lieux publics. »

Plus un distributeur de billets qui n'intime pas de « composer son code à l'abri des regards indiscrets ». Plus un relevé bancaire qui n'indique pas un « numéro d'appel en cas de vol de carte bleue ».

Parfois il avait envie de provoquer les choses. Laisser un sac sur le capot de la voiture, entrer dans un magasin, et au moment où quelqu'un s'approcherait, lui tomber dessus pour lui faire regretter gravement son geste.

Là, tout de suite, il aurait voulu retomber sur la fille de la veille. Il voyait des Golf noires partout et à chaque fois son cœur faisait un bond. Il ne lèverait pas la main sur elle, mais il la sortirait quand même de sa bagnole direct pour lui expliquer deux ou trois choses. OK, il avait les moyens de payer la réparation et était de toute façon assuré. Mais depuis quand les gens se permettaient-ils de faire des trucs pareils ?

***

En sortant de chez son assureur, porte Maillot, il prit un taxi. Une vieille Peugeot 309 qui puait le chien, mais sans chien. Ça ne semblait pas déranger le chauffeur qui n'ouvrait pas les fenêtres, et à l'arrière non plus il n'y avait pas moyen d'avoir de l'air, les poignées étaient retirées de chaque côté. Le chauffeur lui-même dégageait une odeur tenace de frites froides, comme si ses vêtements en avaient été imprégnés à son dîner de la veille et qu'il les portait toujours. Les interdictions de fumer collées partout étaient habituelles, mais vu la puanteur ambiante et la banquette miteuse, là c'était une plaisanterie. La radio était à fond, calée sur un sketch consternant de Chevallier et Laspales. Et pour couronner le tout, ils remontaient l'avenue de la Grande-Armée alors que ce n'était pas du tout le chemin. Mais le chauffeur n'était pas du genre avec lequel on discute. Il marmonnait sans discontinuer à l'encontre des embouteillages, écrasant son klaxon à chaque fois que la voiture de devant ne repartait pas assez vite, et de profil on distinguait, aux commissures de sa bouche incrustées vers le bas, qu'il avait dû passer sa vie entière à faire la gueule. Lui adresser la parole était la garantie de se prendre la tête dès le matin.

Il était dégoûté de se retrouver sans voiture. On était jeudi et il ne la récupérerait pas avant lundi. Il n'en avait pas vraiment besoin d'ici là, mais le simple fait de ne plus l'avoir lui donnait tout à coup envie de plein de trucs. Retourner à Deauville pour la seconde fois de la semaine. Aller faire de la barque sur le lac du bois de Boulogne. Ou, plus simplement, s'asseoir sur un banc du Luxembourg avec une canette bien fraîche. Au lieu de ça il était coincé là, dans les embouteillages et la fournaise de ce taxi, sans fumer ni respirer, derrière ce chauffeur imbuvable qui venait de s'engager sur la place de l'Étoile sans que ça lui dise rien qui vaille. Lui qui prenait toujours soin d'éviter cette place, mal à l'aise à l'idée de se sentir encerclé... C'était pareil sur les grandes artères : quand elles étaient saturées, il préférait rester sur la droite pour pouvoir tourner si ça devenait trop oppressant... Ils atteignirent toutefois rapidement le début des Champs-Élysées, mais son soulagement ne dura pas : la longue avenue était bouchée à perte de vue. Et évidemment, le chauffeur s'y engouffra par le milieu.

C'était la première fois qu'il se retrouvait sans la voiture depuis qu'il l'avait. Ballotté à un autre rythme que le sien, et avec l'impression d'être entièrement à découvert. Dans la Porsche, les sièges bas et les vitres teintées le protégeaient des regards, tandis que sur cette banquette, il était comme assis sur une estrade... Il aurait pu continuer à pied, la distance ne l'effrayait pas, mais les trottoirs noirs de monde faisaient bizarrement redoubler son malaise.

Pour échapper à la vague de panique qui commençait à le gagner, il entreprit de se concentrer sur les passants. Une femme d'une cinquantaine d'années remontait l'avenue. Une blonde très élégante dans un tailleur marine avec des sacs d'achats Fendi. Et un casque de vélo sur la tête. Un casque bleu électrique aérodynamique. Excepté qu'elle n'avait pas de vélo. Quand ils l'eurent dépassée, il se retourna pour la suivre du regard, non, pas de vélo. Il était apparemment le seul à l'avoir remarqué ! Dans des cas comme ça, il se demandait toujours s'il se pouvait que, par moments, on passe dans une autre dimension. Qu'on ait brusquement accès à autre chose, comme ça, sans le savoir, ou plutôt si, en faisant l'effort de vraiment regarder... Il vit ensuite trois hommes sortir d'une bouche d'égout, leurs cirés jaunes badigeonnés de merde, et il se dit que si Paris était censée être la plus belle ville du monde, vue par leurs yeux à eux, ça devait quand même être autre chose ! Un peu plus bas, il remarqua une forme ratatinée à l'entrée d'un CCF, et là, il songea qu'il y aurait matière à une sacrée étude concernant les différentes postures des gens qui font l'aumône...

Ceux qui choisissent de se placer au milieu des trottoirs sont toujours à genoux derrière leurs écriteaux. Ceux qui s'installent dos aux murs le font toujours en tailleur. Et ceux qui se postent à des endroits stratégiques restent debout. Il y a les malins qui se collent aux distributeurs, et là, comment laisser entendre qu'on n'a pas d'argent quand on vient en retirer ? Il y a les avisés, qui se placent devant des magasins comme Fauchon ou Hédiard à la Madeleine, conscients que quiconque a les moyens de se payer des fruits hors saison sera gêné de ne rien donner. Il y a cette récente catégorie des « dignes », qui squattent désormais les entrées des Monoprix. Ceux-ci ont un journal à vendre, mais personne n'ayant envie de lire des récits de SDF réinsérés, ils récoltent généralement leurs pièces sans qu'on prenne le journal. Il y a aussi la toute nouvelle catégorie des « polis », qui ouvrent systématiquement les portes des bureaux de Poste. Ceux-là se figurent qu'un simple « bonne journée » accompagné d'un sourire vaut bien quelque chose. Ont-ils raison ? Ça se pourrait... Le geste est finalement si surprenant, que si la première fois on est pris de court, la fois d'après on porte la main à la poche. Il y a les éternels branleurs, comme ce punk allemand qu'il voyait tout le temps au croisement de Turbigo et de Sébastopol. Sa crête rose et son treillis surgissaient au feu rouge, puis au feu vert il retournait vers ses potes affalés plus loin entre chiens et bières. Ceux-là n'ont aucune raison apparente de ne pas travailler, ils ne sont ni handicapés ni trop vieux pour apprendre une nouvelle langue. Et pour finir, il y a ceux qui se servent de leurs mutilations ou de leurs infirmités. Ces hommes qu'on voit avec leurs moignons à même le béton, ou cette femme, qui l'hiver s'installe seins nus devant le Habitat de République, avec la peau brune de sa poitrine qui part en lambeaux... Mais la palme revient à ceux qui ont les jambes « montées à l'envers », comme il avait entendu dire un jour. Dans leurs pays – sans doute ceux de l'ancien bloc soviétique –, leur pauvreté ou le manque de médecins compétents n'a pas du permettre de corriger leur malformation, toujours est-il qu'ils ont l'air d'avoir les jambes dans le mauvais sens. Quand ils se déplacent, leurs genoux semblent se plier vers l'arrière à travers leurs pantalons. Aussi quand ils surgissent d'entre deux voitures, dans les embouteillages, la vision de leurs jambes désordonnées qui battent en l'air en même temps que leurs béquilles a quelque chose de tarantulesque...

C'est avec cette accumulation d'images dans la tête qu'il remarqua l'entrée du Four Seasons. Le taxi était immobilisé devant. Ils avaient tourné dans l'avenue George-V, encore un détour. Il se redressa d'un bond, sur le point de balancer au chauffeur que ça suffisait le foutage de gueule, quand il vit la fille asiatique dans la contre-allée. Elle parlait dans son portable, tandis que deux chasseurs ramassaient les bagages qu'un chauffeur de taxi achevait de décharger. Jamais il n'avait vu une fille avec autant d'allure. Sa veste noire cintrée était fermée sur une chemise blanche, dont les pointes du col se superposaient impeccablement sur celles de la veste. Son pantalon noir très serré moulait des jambes incroyablement longues et minces. Elle portait des boots noires sans talons et devait être plus grande que lui. Ses cheveux noirs et fins, qui lui arrivaient à la poitrine, étaient d'une raideur absolue. Les lunettes de soleil qui les retenaient dégageaient des sourcils parfaitement arrondis. Son visage était anguleux avec des pommettes saillantes, mais sa lèvre inférieure un peu plus pleine que la supérieure l'adoucissait. Son petit nez rond était le plus charmant qu'il ait jamais vu. La courbe de son poignet et de la main qui tenait le téléphone était d'une délicatesse folle. Et sa gorge dans l'ouverture de la chemise était d'une rare finesse. Surtout, il ne pouvait détacher son regard de ses yeux. Elle riait maintenant. Si bien que, de là où il était, il ne distinguait que deux fentes. Mais il avait eu le temps d'apercevoir leur noir profond, insondable et pourtant terriblement chaleureux. À quelques mètres d'elle était garée une Porsche Targa noire flambant neuf. Elle avait le visage tourné de ce côté, la regardait-elle ? Il en aurait pleuré de se trouver dans cette 309 pourrie, à la portière couverte de plaques de rouille, pile du côté qu'elle verrait si elle tournait la tête vers lui. Ce qu'elle finit par faire, et le taxi choisit ce moment pour repartir avec une secousse. Il se retourna mais elle entrait dans l'hôtel derrière les chasseurs.

L'avenue était brusquement dégagée, ils s'éloignaient à toute vitesse, ils rattrapaient déjà l'Alma. Il voulait faire demi-tour, ou descendre, mais la circulation était maintenant si fluide que les bas-côtés défilaient. Le chauffeur aussi semblait être passé dans un autre espace-temps, agrippé à son volant, totalement sourd à ses « hé monsieur ! », comme dans un mauvais rêve qu'on ne peut pas arrêter.

***

À peine arrivé chez lui, il chercha le numéro de l'hôtel sur Internet. Ensuite il réfléchit. Il n'avait pas à s'inquiéter qu'on lui passe la communication, ça ne se faisait heureusement pas dans ce genre d'endroit. Mais quelle excuse trouver pour découvrir son nom ? Prétendre qu'il était le chauffeur du taxi qui l'avait déposée et qu'elle avait oublié son portefeuille sur la banquette ? On lui répondrait de le rapporter, et on s'étonnerait qu'il ne l'ait pas ouvert pour voir le nom. Se présenter comme un passant qui aurait ramassé un objet qu'elle aurait laissé tomber ? On trouverait bizarre qu'il téléphone au lieu d'entrer, et qu'il se manifeste une heure après son arrivée. Quant à prétexter qu'ils avaient un rendez-vous professionnel, et qu'il voulait prévenir de son retard mais ne retrouvait pas le papier avec son nom dessus, c'était vraiment tiré par les cheveux. Il ne lui restait que l'honnêteté... La décrire, expliquer qu'il l'avait trouvée très belle et qu'il souhaitait simplement connaître son nom. Il n'avait juste pas prévu une réponse pareille :

« Je comprends monsieur, et croyez bien que j'aimerais beaucoup vous apporter mon aide, mais je crains de ne pouvoir le faire. Voyez-vous, nous n'avons pas qu'une seule personne d'origine asiatique ici, nous en avons un nombre considérable. Vous conviendrez donc qu'il m'est impossible de toutes les déranger pour leur demander laquelle se trouvait devant l'entrée de l'hôtel, il y a une heure, et habillée en noir. »

Il raccrocha à contrecœur. Le réceptionniste avait-il été sincère avec cette longue explication, ou hyper sarcastique pour qu'il se sente complètement crétin ? D'ailleurs, qu'avait-il espéré ? On ne descend pas au Four Seasons pour être victime d'indiscrétion. Il aurait dû être plus malin, prétexter qu'il voulait lui adresser des fleurs ou quelque chose comme ça. En tout cas insister, car maintenant il ne pouvait plus rappeler.

Il n'y avait rien à faire. Sauf retourner devant l'hôtel et attendre. Mais combien de temps ? Et pour faire quoi ? Il n'allait pas se jeter sur elle, ni la suivre pour tenter de faire connaissance ailleurs, comme par hasard. D'ailleurs si elle prenait un taxi, il ne pourrait pas la suivre sans voiture...

Voilà. Il l'avait à peine aperçue. Il avait à peine entrevu la possibilité, et déjà c'était terminé. La première fois de sa vie, et ça n'avait duré que le temps de s'en rendre compte. Cette possibilité. Celle de se dire qu'il aurait voulu... voulu en savoir plus. Cette folle mais parfaite certitude qu'il y avait matière à.

Dire que pile à ce moment-là il n'avait pas la voiture ! Non pas qu'il en ait besoin pour attirer l'attention, mais tout de même. La Targa garée à côté, elle avait semblé la remarquer. Certainement pas de celles qu'on impressionne avec une Porsche, mais à sa tenue et son allure, il était clair qu'elle avait le sens de l'esthétique. Le genre de fille capable de faire un discret signe de tête pour montrer qu'elle en reconnaissait la beauté. Le genre de fille... à apprécier chez lui ce à côté de quoi toutes les autres passaient. Le genre... qu'il avait toujours espéré.

Il ne pouvait évidemment pas en être sûr, après un seul regard et à plus de dix mètres, et il ne pourrait jamais le vérifier. Il regarda le téléphone sans fil qu'il venait de reposer sur sa base. Il n'en revenait pas qu'elle lui soit apparue pour aussitôt disparaître.

Il poussa un profond soupir, mit l'ordinateur en veille, regarda encore une fois le téléphone puis se leva. En se dirigeant vers la cuisine, il avait toujours son blouson sur le dos, il n'arrivait pas à accepter d'être de retour chez lui, tout seul, comme si ça n'avait jamais eu lieu... Il hésita devant le réfrigérateur, l'ouvrit, parcourut du regard les étages presque vides à l'exception de quelques oranges dans le bac du bas. Il se pencha, se ravisa. Il ouvrit le congélateur, tendit la main pour prendre la bouteille de vodka, se ravisa aussi. Il ne savait plus quoi faire de lui. Il alluma la petite télé sur le bar. Le journal de treize heures touchait à sa fin. Il vit René, dans le Poitou, qui collectionnait les étiquettes de boîtes de camembert depuis trente ans ; Roger, dans la Moselle, qui collectionnait les tire-bouchons depuis vingt – et il éteignit.

Il fallait qu'il se remette au travail. Il fallait oublier, point. Aberrant, mais c'était comme ça... Il n'avait pas la voiture pendant trois jours ? Qu'à cela ne tienne, il travaillerait non-stop. Il allait juste faire le plein de nourriture et de cigarettes pour ne pas avoir à ressortir.

***

Plus le temps passait et plus il détestait son quartier. Au début, il avait trouvé ça super vivant, la faune à la fois statique et grouillante entre faubourg du Temple et

Belleville. Mais maintenant, à part l'autre soir – ce putain d'autre soir avant le restaurant –, la plupart du temps, il se dépêchait quand il avait à sortir dans le coin.

Il ne supportait plus la saleté des trottoirs. Les papiers gras, les merdes de chiens jamais ramassées, les crachats innombrables. Les vieux meubles, aussi, abandonnés partout sans que personne ne s'emmerde à appeler la mairie pour les faire retirer. Il détestait les deux boulangeries les plus proches, infectes sans jamais pour autant désemplir. Comment osaient-ils se prétendre boulangers, mais surtout, comment les gens pouvaient-ils s'en contenter ? Il détestait les quelques supermarchés où il y avait rarement d'autres choix possibles que Leader Price. Le Monoprix, où il ne trouvait pas les mêmes choses que dans d'autres quartiers dits « mieux favorisés ». L'unique tabac, toujours encombré de gens rivés aux écrans de résultats des jeux divers. Il détestait les quelques primeurs, où les fruits et légumes avaient toujours l'air moins beaux qu'ailleurs. La tripotée de bazars, dont l'intérieur débordait toujours jusqu'à la moitié du trottoir. Le bureau de Poste, où dès huit heures la queue s'étendait jusqu'au dehors. Pour finir, il détestait que les rares fois où ça l'arrangeait de ne pas aller au parking, il soit impossible de trouver la moindre place. Quartier soit disant « pauvre », et pourtant il y avait des voitures garées absolument partout.

Mais le plus usant, c'était d'être en permanence tiraillé entre des sentiments ambivalents. Si au tabac, ça le dépassait de voir tant de gens ne sembler compter que sur la chance pour améliorer leur vie, en même temps, il trouvait dégueulasse qu'à la Française des

Jeux, des équipes entières travaillent à en inventer toujours plus pour leur faire cracher le peu qu'ils avaient. Si à la Poste, ça finissait par l'agacer que l'attente soit toujours d'une bonne demi-heure avec tous les immigrés qui cherchaient leurs mots aux guichets, ça le scandalisait que les employés les traitent comme des moins que rien. Et si au Monoprix, il comprenait pourquoi certaines choses étaient absentes des rayons, il trouvait quand même choquante l'idée que dans un bureau, quelqu'un était payé pour évaluer quels produits proposer aux « pauvres » et lesquels ne pas perdre de temps à leur mettre sous le nez. Mais plus que tout, ce qui le rendait malade, c'était de se retrouver en train de faire ses courses à côté d'une mère qui regardait les étiquettes des prix avec angoisse. Dans ces cas-là, il avait toujours envie de lui tendre des billets en lui disant prenez, achetez tout ce qu'il vous faut. Geste qu'il devait toujours retenir sous peine de la faire se sentir humiliée.

Pour finir, même s'il en avait honte, ce qui lui tapait aussi sur le système c'était les « jeunes ». Les plus petits, livrés à eux-mêmes, qui jouaient au ballon tard le soir, se foutant royalement de saouler le voisinage. Il détestait leur arrogance, quand ils vous heurtaient la tête avec leur ballon sans s'excuser, ou quand surgissant sur la chaussée pour le rattraper, ils ne vous remerciaient même pas d'avoir freiné à temps pour les éviter. Il détestait aussi ceux d'une quinzaine d'années qui glandaient adossés aux voitures. Bras croisés, ils agressaient verbalement toutes les filles qui passaient. Ils croyaient quoi, attifés de leurs survêts Tacchini ? Savaient-ils au moins qu'en italien *tacchino* veut dire « dindon » – Sergio Le Dindon ! Ceux d'une vingtaine d'années non plus il ne pouvait plus les voir. Toujours en groupe, ils s'arrêtaient systématiquement de parler quand vous passiez, vous fixant avec insistance comme pour vous dissuader de vous y frotter. Qu'est-ce qu'ils s'imaginaient, que le monde tournait autour d'eux ? De toute façon, dans ce quartier on ne pouvait pas croiser un type sans qu'il vous fixe droit dans les yeux.

Et leur langage ! Un simple « passe la balle » ou « file-moi une clope » était invariablement suivi d'un « nique ta race » ou « bâtard de ta mère ». Un inoffensif « mademoiselle vous êtes jolie » se transformait en « putain t'es bonne ». Et quand ils s'adressaient à leurs mères, qui leur criaient depuis les fenêtres de rentrer dîner, l'habituel « attends deux secondes » devenait « ta gueule j'suis occupé ». Pour qui ils se prenaient, et comment les parents pouvaient laisser les choses se dégrader à ce point – voilà un état de fait qui lui échappait. On dit que l'agressivité des « défavorisés » vient de leur frustration, mais ceux-là, en quoi étaient-ils frustrés ? Les dernières baskets comme ci, les sweats à capuche comme ça, les portables, les scooters – même leurs ballons étaient des répliques exactes de ceux de la Coupe du monde. Ça voulait dire que les parents trouvaient quand même moyen de leur faire plaisir, non ? Ils ne dealaient tout de même pas tous de la dope ou des autoradios, si ?

***

Il mangeait un cheeseburger, debout devant la petite télé du bar. Il venait de passer une vingtaine de minutes à le confectionner, à couper les tomates et le fromage en fines lamelles, à faire revenir un steak avec une tranche de bacon et des échalotes. Il mangeait au-dessus d'une assiette pour éviter que le jus de la viande ne coule sur la plaque d'ardoise qui recouvrait le bar. Il crevait d'envie de rappeler l'hôtel, mais se disait que s'il ne chassait pas ça de sa tête, il courait à la catastrophe. Il était en train de se dire ça, quand il la vit à l'écran.

L'extrait du film montrait une fille au visage peint en blanc comme les geishas. Il ne l'avait pas reconnue immédiatement, mais maintenant qu'elle souriait en tenue de soirée, il n'eut aucun doute. Il mit plus fort :

« Un nouveau remake de *Madame Butterfly*, américain cette fois, et pourtant boudé par ces derniers aux récentes cérémonies des Oscars et des Golden Globes. Avec cette jeune actrice japonaise, Junko Ishida, qu'on a pu voir dans *Le Défi d'une vie*, qui lui avait d'ailleurs déjà valu une nomination aux Golden Globes, l'année dernière, dans la catégorie Meilleure Actrice. *Madame Butterfly* est un film de Peter Sheridan, présent pour la première fois dans la sélcction officielle de ce 56e Festival de Cannes, et l'on peut supposer... »

Il voulut foncer dans l'autre pièce pour enregistrer mais il ne bougea pas, le temps d'y arriver le reportage aurait pris fin. PPDA apparut, ajouta que Claire Chazal la recevrait le lendemain, puis il enchaîna sur *Fanfan La Tulipe* projeté la veille en ouverture du festival. Il passa sur la 2 mais le Journal avait déjà fait place à la pub. Il termina d'une traite son verre de jus d'orange, le déposa dans l'évier avec l'assiette puis se rua à son bureau. Sur un Post-it il nota « Junco Hischida » avec un point d'interrogation pour l'orthographe, ainsi que les titres des deux films cités, puis il fonça ramasser le programme-télé qui traînait sur la table basse et passa à côté. Il prit une cassette vierge sur une étagère, arracha le plastique, alluma le magnétoscope puis s'accroupit pour ouvrir le programme au jeudi. Les prochaines infos passeraient à 23 h 50 sur la 3, 0 h 35 sur la 2 et sans doute vers 1 heure du matin sur M6. Il feuilleta nerveusement les pages car il lui semblait que le 20 Heures de la 2 repassait sur le câble, et il trouva, c'était sur TV5, avec une demi-heure de décalage, et ça avait déjà commencé. Il se releva d'un bond pour attraper la télécommande de Noos sur le canapé et revint mettre le décodeur sous tension, en même temps qu'il allumait la télé. Il pesta contre le chargement qui tardait, se demandant comment Cannes avait pu commencer sans qu'il s'en rende compte. Le visage de Béatrice Schoenberg apparut et il cessa de respirer, s'attendant à la voir envahir l'écran, mais on en était encore à la politique étrangère. Il ramassa la télécommande du magnétoscope, alla s'asseoir dans le canapé, fit un bref essai d'enregistrement pour vérifier que tout était bien branché, puis attendit.

Cette partie du loft qui abritait le coin télé était celle où il se sentait le mieux. La plus personnelle, car insoupçonnable pour les visiteurs qui demeuraient dans la première pièce. La plus confortable, avec le profond canapé où il lui arrivait souvent de s'endormir. Et pour finir, la plus esthétique avec l'installation home-cinema Sony ; le sobre lit en bois à l'autre bout de la pièce ne gâchant rien non plus. Devant le canapé trônait l'énorme écran Wega, avec en dessous les divers appareils annexes ; le mur de droite vitré en hauteur restait vide ; et celui de gauche était pris par un bloc d'étagères qui montait jusqu'au plafond, agrémenté d'une échelle sur un rail. Tout en haut étaient empilés les emballages pliés de presque tous les appareils qu'il possédait, manie développée depuis qu'on avait refusé de lui changer un produit défectueux parce qu'il avait jeté la boîte. En dessous, une centaine de cartouches et de CD-Rom de jeux, séparés par catégories à côté des consoles correspondantes. Puis plusieurs étages de films, près de cinq cents, par ordre alphabétique, les trois quarts en DVD et le reste en cassettes pré-enregistrées, qu'il revendait sur Price Minister à mesure qu'il rachetait l'équivalent en DVD. Il y avait aussi un étage de cartoons Disney et autres. Puis un dernier pour les documentaires, interviews et portraits liés au cinéma. Et pour finir, les étagères du bas étaient occupées par des livres d'art, d'architecture, d'urbanisme, de déco, quelques romans, des magazines de jeux vidéo et sa large collection de BD et de comics.

La plupart des films avaient été achetés dans l'année, depuis qu'il vivait ici, mais une trentaine de cassettes d'avant subsistaient. On les reconnaissait à leurs vieilles étiquettes écrites à la main. Elles étaient trop usées pour être regardées et il les avait désormais toutes en DVD, mais il ne parvenait pas à s'en séparer. Elles contenaient ses différentes « fixations », comme les appelait Élisabeth. Des films ainsi que des compilations d'apparitions télé. Au début, quand il avait aménagé ce mur, il avait séparé ces cassettes. Puis avec le temps, en se rendant compte que ce qui était passé ne revenait jamais ensuite, il avait petit à petit relégué tel ou tel groupe de cassettes avec les autres, jusqu'à ce que toutes finissent par réintégrer l'ensemble.

Mais là, il le savait, il était de nouveau sur le point de libérer une étagère... Une actrice... comme toutes les autres... comment ne l'avait-il pas deviné ? Il entendit Béatrice Schoenberg annoncer le film et il enclencha aussitôt l'enregistrement. Elle marchait dans le couloir d'un aéroport et disait en anglais qu'elle se réjouissait d'aller à Cannes pour la première fois. Puis suivit le même extrait du film et cette fois il fit attention. La poudre blanche sur son visage effaçait toute notion d'âge, la faisant ressembler tour à tour à une toute jeune fille et à une vieille femme. On la voyait verser délicatement du thé à un homme en costume. Il connaissait plus ou moins l'histoire de *Madame Butterfly*, se souvenait qu'à la fin elle se suicidait. Il attendit que le commentaire précise quand le film sortirait, mais on ajouta juste qu'elle était attendue sur place le lendemain. Puis ça repassa à *Fanfan La Tulipe*.

Il arrêta la cassette, la rembobina et regarda l'enregistrement. Elle était donc actrice...

Sa toute première « fixation » remontait à ses dix-sept ans, quand il avait découvert Barbara Carrera dans *Jamais plus jamais*. Elle avait trente-huit ans au moment du film, mais déjà quarante-sept quand il le vit pour la première fois, et pourtant, il aurait tout donné pour avoir une histoire avec elle. Fatima Blush ! Il en avait vécu des nuits torrides, se la représentant juste un peu moins venimeuse que dans le film ! Ça avait duré toute une année, jusqu'à ce qu'il tombe ensuite sur

Whitney Houston dans *Bodyguard*. Âgée de vingt-neuf ans, elle l'avait mis en transe avec son attitude à la fois imbuvable et espiègle. Il se voyait comme son jeune amant pour lequel elle perdait les pédales, foutait tout en l'air, quittait son mari. Il n'avait jamais poussé au-delà de cette finalité, plus excité à l'idée de lui voler des instants qu'à celle d'emménager avec elle... L'année suivante, il était revenu vers une femme plus « mûre » en découvrant Jessica Lange dans *Frances*, trente-deux ans à l'époque du tournage mais déjà quarante-cinq cette année-là. Cette fois, loin de Fatima Blush roulant à tombeau ouvert en décapotable ou de Whitney Houston bousillant son couple, il avait fantasmé sur la vie tranquille qu'elle et Sam Shepard menaient dans leur ranch du Minnesota... L'année d'après, ça avait été au tour de Michelle Pfeiffer découverte tardivement en Catwoman, et qui l'avait encore plus fait fantasmer dans *Susie et les Baker Boys*. Il la rencontrait dans un des bars où elle chantait, et la sortait de ses galères de fric pour qu'elle puisse se consacrer à sa musique... Petit à petit il était ensuite revenu vers Barbara Carrera, décidément sa préférée même si côté films il n'y avait pas grand-chose à se mettre sous la dent. Avec le temps, ses envies de parties de baise incroyables s'étaient simplement transformées en quelque chose de plus profond. Elle était la compagne parfaite aux côtés de laquelle il se réveillait le matin, et qui le poussait à toujours se dépasser... Plus tard, en voyant *Haute voltige*, il avait eu une phase Catherine Zeta-Jones, de nouveau l'idée de la femme « joueuse », comme Fatima Blush, mais toutefois jamais aussi convaincante. Et pour finir, il était tombé sous le charme de Cameron Diaz, jusque-là ignorée, et qui l'avait surpris dans un reportage où elle hurlait de rire et rotait en buvant de la bière. Il l'avait autant adorée en maîtresse envahissante dans *Vanilla Sky* qu'en épouse faussement idiote dans *Le Mariage de mon meilleur ami*. Mais il avait refusé de trop bloquer sur l'adaptation de *Charlie's angels*, ce qu'elle y faisait avec son corps faisait déjà fantasmer trop de types. Avec elle, pour la première fois à peine plus âgée que lui, il s'était vu partir en virée dans les collines de Los Angeles, tous les deux dans leur Porsche puisqu'elle en possédait une...

Quel rapport pouvait-il y avoir entre une brune explosive du Nicaragua ; une Noire du New Jersey à la voix unique mais aux morceaux atrocement commerciaux ; une mère au foyer du Minnesota qui préférait la compagnie des chevaux à celle des êtres humains ; une blonde californienne tardivement devenue classe ; une Galloise hautaine ; et une autre blonde californienne complètement délurée ? Certes elles étaient toutes actrices, y compris Whitney Houston à ses heures. Elles étaient toutes mariées, excepté Cameron Diaz, avec au moins un enfant, excepté encore Cameron Diaz et Barbara Carrera. Et elles avaient toutes fait partie d'un classement des cinquante plus belles femmes du monde. Mais quoi d'autre ?

À part avoir alimenté des fantasmes plus dingues les uns que les autres, il ne voyait pas de lien entre toutes ces femmes. Elles correspondaient juste à ses besoins du moment. Avait-il réellement voulu être avec elles, les rencontrer ? Probablement non, sinon il aurait essayé. Même si Élisabeth avait toujours dit que pour des petites aventures, il aurait sans doute eu ses chances, il n'avait tout simplement jamais essayé. Même quand elles débarquaient à Paris pour des promos, il préférait les petits films qu'il se faisait dans son coin. Il commençait par sans cesse ré-imaginer la scène de la rencontre, puis une fois qu'elle lui convenait, il développait ce qui s'ensuivait avec toutes sortes de rebondissements. Une nouvelle venue avait généralement chassé la précédente, à part Barbara Carrera, et, pour chacune, il avait déniché tous les films possibles y compris les plus mauvais !

Ces « fixations » s'arrêtaient dès l'instant où il rencontrait quelqu'un dans la « réalité ». Mais il n'avait jamais eu que de brèves aventures. Les filles n'étaient jamais comme il fallait. Quand elles étaient très belles, elles manquaient de charme. Quand elles gagnaient autant que lui, elles manquaient de simplicité. Quand elles étaient sympathiques et super branchées, elles étaient trop « cool » pour lui, à tout le temps se retourner la tête en boîte et écraser leur clope dans leur tasse de petit déjeuner. Et si toutes s'extasiaient sur ses biens matériels, c'était seulement pour la somme que ça représentait.

Alors pour le moment il se contentait de vivre comme ça, de petites histoires de temps à autre. Parce qu'il fallait bien se défouler un peu. Et le reste du temps, il partait dans son monde à lui. Quelque part, il en était sûr, il existait une fille rien que pour lui, et un jour leurs chemins finiraient bien par se croiser. C'était juste une question de temps. Et preuve en était : il venait peut-être de la trouver...

Il cala la cassette bien à la fin de l'enregistrement, programma le magnétoscope pour les J.T. suivants, puis il regagna son bureau.

***

Il tapa son nom sur google.com et le vit apparaître dans son orthographe exacte : Junko Ishida. Sur la page s'étendait d'emblée une longue liste de sites, mais il se contenta de la mettre dans les favoris, préférant d'abord aller voir sur les deux ou trois qu'il connaissait bien. Il commença par imdb.com. Il eut un coup au cœur à la vue du portrait qui apparut : elle riait aux éclats, exactement de la même manière qu'au téléphone devant l'hôtel. Il n'avait donc pas été le témoin de quelque chose de rare. Mais en contrepartie, la retrouver telle quelle l'apaisa grandement. Comme si ça annulait la perte qu'il n'avait cessé de ressentir depuis. Le reste de la page, sur le même modèle que toutes les autres fiches du site, donnait ceci :

Statistiques
Date de naissance (et lieu) : 16 août 1973, Nagoya, Japon.

Biographie
Née Junko Jones, à Nagoya, au Japon, qu'elle quitte à l'âge de cinq ans pour venir s'installer à New York avec... (suite)

Parfois créditée sous :
Junko Jones
Junko I. Jones

Actrice – filmographie
(En production) (2000s) (1990s) (1980s)

1. *Madame Butterfly* (2002)... Cio Cio San
2. *Le Défi d'une vie* (2001)... Elizabeth Harris
3. *Welcome !* (2000)... Lorelei Chambers
4. *Opération Émeraude* (1999)... Jane

5. *Brain drain* (1998)... Dr Saito
6. *The revenge of the red dragon* (1997)... Matsu Takeda
7. *Undercover* (1997)... Miss Watanabe
8. *Miami connection* (1996)... model
9. *A quiet one* (1996) TV mini series... Keiko
10. *Park Avenue* (1995–1993) TV series... Michelle
11. *Pacific High* (1992) TV series – 3e saison, épisode 112... Kate
12. *Pacific High* (1992) TV series – 3e saison, épisode 111... Kate
13. *Pacific High* (1992) TV series – 3e saison, épisode 110... Kate

Il fit un copier-coller de la liste qu'il déplaça sur Word, puis tapa « suite » dans la biographie du début :

Biographie

Née Junko Jones, à Nagoya, Japon, qu'elle quitte à l'âge de cinq ans pour venir s'installer à New York avec ses parents et son jeune frère. Apprend la danse classique, mais est contrainte d'abandonner à la suite d'une blessure au genou dans un accident de ski. S'inscrit ensuite à la faculté de Columbia, NY, dont elle ressortira avec une licence en sociologie. Entame une carrière de mannequin en même temps qu'elle fait ses premières apparitions dans la série *Pacific High* (1992). Intègre ensuite l'équipe de *Park Avenue* pour deux saisons (1993-1995) avant d'obtenir son premier rôle dans un téléfilm (*A quiet one*, HBO, 1996). Enchaîne ensuite avec une série de petits rôles, avant de tourner *Welcome !* (2000) et *Le Défi d'une vie* (2001), dont la performance lui vaudra une nomination aux Goldens Globes Awards dans la catégorie « meilleure actrice » (2002). Interprète le personnage de Cio Cio San dans *Madame Butterfly* sorti en décembre 2002, qui lui a valu deux nominations pour la « meilleure actrice » aux Oscars et aux Golden Globes (2003).

Faits connus

Fait partie du classement des « 50 Plus Belles Femmes du monde » de *People Magazine* (2002).

Il sourit en constatant qu'elle aussi avait eu droit à ça. Il fit un autre copier-coller puis se rendit sur hollywood.com. Une bio plus longue lui apprit qu'elle était japonaise par sa mère et américaine par son père. Leurs noms étaient Setsuko Ishida et Jeffrey Jones, et son frère, de cinq ans son cadet, s'appelait Julian. Il sourit de nouveau à l'idée que le père, tout comme Alain Delon, avait donné à chacun de ses enfants un prénom commençant par la même initiale que le sien. Il se demanda pourquoi elle en portait un japonais alors que celui de son frère était américain, puis se dit que le père avait dû vouloir que sa fille lui rappelle sa femme, et son fils lui-même. Il était précisé qu'elle avait pris tardivement le nom de sa mère mais il n'était pas expliqué pourquoi. Sa carrière de mannequin, qui avait duré trois ans, n'avait pas dépassé les frontières américaines et incluait essentiellement des spots télé pour des parfums. Elle avait auditionné pour le personnage d'Amelia Donaghy dans *Bone collector*, avec Denzel Washington, revenu à Angelina Jolie car elle avait été jugée trop jeune. Et elle avait également été pressentie pour celui de Jezzie Flannigan dans *Le Masque de l'araignée*, avec Morgan Freeman, mais avait dû décliner pour tourner *Le Défi d'une vie*. Elle vivait actuellement à New York et était représentée par C.A.A. (Tom Cruise, Meryl Streep, Sandra Bullock...).

Il fit de nouveau un copier-coller. Il ne tenait pas en place, surexcité qu'il y ait autant de choses. Il alla ensuite sur eonline.com et là il manqua de s'étrangler. Dans la longue colonne de statistiques qui reprenaient celles déjà vues sur imdb, à la ligne « Famille », il était indiqué : « Père : Jeffrey Jones, américain, directeur général de Lexus-Toyota USA. »

Bon Dieu ! Elle devait avoir la conduite dans le sang ! Il le savait ! Il le savait ! Il courut à la cuisine se servir un verre de jus d'orange, attrapa un paquet de biscuits dans un placard et revint s'installer. Son cendrier débordait déjà sur son tapis de souris mais il s'en foutait. Il chargea la page qu'il avait mise dans les favoris et entreprit de se rendre sur chacun des sites proposés. Partout les mêmes statistiques, mais il ne se lassait pas de découvrir le portrait chaque fois différent. Sur popidols.net il eut droit à ses mensurations complètes, de son tour de poitrine à sa pointure de chaussures, ce dont il s'étonna avant de se souvenir qu'elle avait commencé par être mannequin. Sur filmbug.com ils donnaient son signe astrologique chinois. Sur geocities.com on apprenait même son groupe sanguin. Et partout, à la case « situation de famille » il était écrit « célibataire » ! Non seulement elle n'était pas mariée, mais on ne lui prêtait aucune aventure non plus avec d'autres acteurs. Sur japan-zone.com, il tomba enfin sur une interview. Elle expliquait que sa mère était retournée vivre au Japon, que son père y séjournait la moitié du temps, et qu'à terme, son rêve était aussi d'y revenir. Elle était à moitié américaine, et très reconnaissante d'avoir pu s'intégrer si bien aux États-Unis. Mais à présent qu'elle était en âge de s'intéresser à l'histoire de son pays d'origine, il lui manquait. Même si une ville comme Nagoya n'avait plus grand-chose de traditionnel, la maison que ses parents y avaient conservée depuis vingt-cinq ans l'était restée, et elle aspirait à en retrouver une pour elle-même un jour, afin de s'y retirer en dehors des périodes de tournage.

Sur asiastudios.com, il trouva une deuxième interview et cette fois elle parlait de son travail. Elle disait modestement qu'elle s'estimait extrêmement chanceuse d'être parvenue à se faire une petite place dans le cinéma, alors qu'elle n'y gravitait que depuis quelques années. Quand on lui demandait ce qu'elle pensait des réalisateurs encore bourrés de clichés concernant les femmes asiatiques, les cantonnant dans des rôles de tueuses ou de touristes qui rient bêtement, elle répondait subtilement que chaque expérience permet d'apprendre. Certains, reconnaissait-elle, avaient tout de même tendance à tout mélanger : on lui proposait régulièrement des rôles qui nécessitaient de parler mandarin et d'avoir des notions d'arts martiaux, alors qu'elle était japonaise et non chinoise.

À chaque nouveau site, il tombait sur toutes sortes de galeries de photos qu'il regardait une par une, faisant ensuite glisser celles qui lui plaisaient sur le bureau. Il trierait les doublons plus tard. Certains sites proposaient des photos « nues » comme pour bon nombre d'actrices. Au premier qu'il essaya il se retrouva sur un site porno. Mais à chaque fois qu'il cliqua sur le coin de la fenêtre pour la refermer, une autre s'ouvrit instantanément, au point que l'écran en fut rapidement saturé et qu'il dut se déconnecter pour s'en débarrasser. En revenant sur la page d'accueil de Google, il tapa « actrices japonaises », mais toute la liste qui apparut renvoyait également à des sites pornos. Il essaya plusieurs sites japonais, mais à chaque fois les caractères étaient remplacés par des « ? ? ? » faute de logiciel approprié. Il allait faire une pause, quand il tomba enfin sur une page perso de yahoo.fr qui lui était entièrement consacrée. Là il trouva des résumés détaillés de tous ses films :

Pacific High : Série américaine de quatre saisons. Non distribuée en France. Apparitions au cours de la troisième saison, personnage de Kate, petite amie de Duncan.
Park Avenue : Série américaine de six saisons diffusée sur TF1 en VF jusqu'en 2000. Rôle secondaire au cours des saisons 2 et 3, personnage de Michelle, meilleure amie de Jessica.
A quiet one : Téléfilm, comédie dramatique. États-Unis seulement. Baby sitter japonaise au pair dans une famille névrosée du Connecticut, personnage central tenu par un petit garçon de sept ans surdoué (Colin Parker, *Un dimanche de pluie*).
Miami connection : Comédie policière. Non distribuée en France. Mannequin jouant une des nombreuses petites amies d'un dealer de cocaïne (Matthew Roberts, *Meurtres en rafales*).
Undercover : Comédie policière. Non distribuée en France. Touriste japonaise qui vient porter plainte pour le vol de son sac à main, dans un commissariat New Yorkais où Doug Watson (George Portman, *Always in winter*), inspecteur, se retrouve rétrogradé à la paperasse après une bavure.
The Revenge of the red dragon : Thriller. Fille d'un yakusa (Noburo Shibata, *L'Honneur perdu*) qui se fait tuer sur le sol américain où l'inspecteur Grant (Bill Burke, *The Children of the rain*) mène l'enquête. N'apparaît qu'au début.
Brain drain : Thriller. Jeune légiste dans une affaire de serial killer en Californie, avec Kevin Nichols (*The Red Mountain*) et Ellen Wyatt (*The Same as ever*). Apparaît à la morgue puis au tribunal.
Opération Émeraude : Comédie policière. Assistante dégourdie d'un bijoutier de Beverly Hills (Seymour Zimmer, *Even the stars*) dans une histoire de hold-up qui se déroule sur un week-end.
Welcome ! : Comédie romantico-burlesque. Nouvelle femme de John Chambers (Jim Carrey, *Fou d'Irène*) anciennement marié à Katarina (Cher, *Tea with Mussolini*), et belle-mère de Jaimie (Jason Biggs, *American pie*) qui va tomber amoureux d'elle.
Le Défi d'une vie : Drame psychologique. Combat d'une femme enceinte, qui se retrouve sévèrement handicapée à la suite d'un accident de voiture qui coûte la vie à son mari, et qui va devoir se battre contre les services sociaux qui la jugent inapte à élever l'enfant. Rôle de l'avocate tenu par Meryl Streep (*La Musique de mon cœur*). Nomination pour un Golden Globe ainsi que pour Meryl Streep.
Madame Butterfly : Drame psychologique. Remake. Au Japon,

de nos jours, une jeune geisha épouse un lieutenant de la marine américaine (James Marsden, *X-Men*), qui l'abandonne sans savoir qu'elle porte un enfant de lui. Hugh Jackman (*X-Men*) tient le rôle du confident. Nominations pour un Gloden Globe et un Oscar.

Il fit de nouveau un copier-coller, puis se rendit sur amazon.fr pour voir ce qui était disponible. Aucune des deux séries n'était sortie en DVD ou vidéo, et aucune trace du téléfilm. Les deux premiers longs métrages ne donnèrent rien non plus, pas distribués en France comme l'avaient précisé les résumés. Les deux suivants étaient momentanément épuisés. Les trois d'après figuraient en revanche sur la liste, avec un délai de trois semaines pour le premier, sept jours pour le deuxième et vingt-quatre heures pour le dernier. Il mit chacun des liens dans les favoris, puis alla voir sur priceminister.com si les épuisés s'y trouvaient. Il y avait juste les trois mêmes que sur Amazon. Il décida de commander les deux premiers pour les recevoir plus vite que sur Amazon, où il retournerait prendre le dernier livrable en vingt-quatre heures. Après quoi il ferait une pause pour aller voir ce que réservaient les infos de la soirée.

***

Quand il reprit conscience dans le canapé, il avait la tête si lourde qu'il ne sut pas si c'était toujours la nuit du jeudi ou déjà la suivante. Après le Soir 3 puis le Journal de la 2, qui n'avaient rien apporté, il était retourné à l'ordinateur. Il se rappelait avoir jeté un œil au site officiel du Festival de Cannes, où il était question du deuxième volet de *Matrix* enfin sorti – comment avait-il pu zapper ça ? –, mais rien sur *Madame Butterfly* hormis le jour de la projection. Il s'était ensuite remis à visiter un tas de sites, explorant toutes les listes de liens, chacun ouvrant de nouvelles fenêtres jusqu'à l'écœurement. Pareil pour les photos : il en avait récupéré tellement, qu'en s'y plongeant pour repérer les doublons, la fatigue lui avait fait jeter bon nombre de ses préférées. Il était alors revenu sur le canapé avec du café pour se réveiller, il avait rembobiné le bref reportage de TV5 pour le regarder à nouveau, au lieu de quoi il s'était endormi. La tasse qu'il tenait encore à la main en attestait. Une vague d'angoisse le parcourut à la vue de la large tâche sombre qui maculait le bas de son tee-shirt. Dans ces moments-là, il perdait toute notion de temps et d'espace, mais de là à ne pas sentir la brûlure d'un café bouillant ?

Il se redressa avec précaution en tirant sur le tee-shirt pour éviter qu'il ne colle à son ventre. Il fit apparaître l'heure sur l'écran, soupira en constatant qu'il était près de quatre heures du matin, puis se leva péniblement. Sur son bureau, il vit l'ordinateur toujours sous tension et fut tenté d'y retourner. Mais l'appel de la douche puis du lit fut toutefois plus fort.

Il garda les yeux ouverts malgré l'eau qui y pénétrait, se demandant quel genre de matériaux on utilisait, au Japon, pour les salles de bains. Chez lui la pièce était entièrement carrelée de grès gris clair, et le granit qui tapissait toutes les parois de la douche était d'un gris foncé strié de nervures argentées. Des éclats de cristaux brillaient dans la lumière des spots encastrés dans le plafond. En découvrant ses plans, un an plus tôt, Élisabeth avait cru qu'il en connaissait un rayon en matière d'architecture, au point de déjà être au courant des futures tendances qui allaient arriver en France. Jamais il ne lui avait avoué qu'il avait juste réalisé un vieux fantasme en copiant une salle de bains repérée dans un vieil épisode de *Deux flics à Miami* !

Il releva la tête pour que le jet dégage ses cheveux de son front. Junko... il répétait la consonance dans sa tête. À la fois doux et tranchant. Il avait un début d'érection, comme au moment où elle était apparue aux infos, comme à maintes reprises pendant qu'il cherchait sur Internet. Mais il n'était pas pressé. Il voulait faire ça bien. Commencer quand il aurait suffisamment d'éléments pour construire le film... Il attrapa donc la bouteille de gel douche et ne s'éternisa pas sur son sexe.

En sortant de la salle de bains, une serviette enroulée autour de son bassin, il passa de l'autre côté pour éteindre les lumières. Son érection persistait. Il s'immobilisa dans la pénombre et ferma les yeux. Le simple fait de l'imaginer agenouillée devant faisait affluer son sang. Mais il voulait attendre. Pouvoir décider de quelles images, précisément, faire défiler. Ce qu'il ne pouvait pas faire tant qu'il n'aurait pas pris le temps d'y réfléchir. Il n'avait qu'à écarter les pans de sa serviette qui s'ouvraient sur le devant. Il n'avait qu'à lentement baisser son bras pour que sa main se referme et qu'elle le soulage. Mais pas question. Même s'il était sur le point d'exploser à l'idée de faire ça là, debout, dans la pénombre au milieu de nulle part – pas question de brûler les étapes.

***

En ouvrant les yeux, il eut un choc à la vue du réveil qui indiquait midi passé. Il se redressa d'un bond, puis se souvenant de l'heure à laquelle il s'était couché, il se laissa retomber lourdement sur le matelas. Ça faisait des années qu'il ne s'était pas réveillé si tard. En s'endormant, il s'était dit que ça ne le mettrait pas en retard de ne reprendre son travail que lundi. Mais maintenant, la perspective le mit mal à l'aise. Il se leva, s'enroula la taille dans la serviette de la veille, et avant même de lancer la machine à café, il alla s'asseoir à sa table à dessin. Il regarda où en était ce qu'il avait laissé en plan deux jours plus tôt, parcourut l'ensemble de ce qui était fait, puis évalua ce qui restait. Il n'y avait pas matière à s'inquiéter, il était plus qu'en avance pour ce boulot-là. Pourtant il n'était pas soulagé. En fait il ne se sentait pas très bien. Il avait la nausée et comme une gêne dans la poitrine. Il avait beaucoup trop fumé la veille, le loft empestait le tabac froid. Mais ce n'était pas que ça. Peut-être le temps dehors ? La portion de ciel qu'il distinguait, à travers la partie vitrée, était d'un gris si sombre qu'on se serait cru en fin de journée. La pluie ruisselait sur les carreaux et il l'entendait ricocher sur les pavés de la cour. Mais ce n'était pas que ça non plus. Assis là, à son espace de travail, rien que de tourner la tête vers l'ordinateur toujours sous tension, il éprouvait un violent dégoût. L'idée de passer une autre journée entière sur Internet était à deux doigts de le faire vomir. Il rangea soigneusement les dessins qu'il venait de sortir, puis alla ouvrir la porte d'entrée pour aérer. La cour était déserte à l'exception de quelques vélos contre les murs. S'ils n'avaient pas été là, il aurait pu jurer qu'on était dimanche tant tout semblait figé. Le fond de l'air était tiède. Il serait bien sorti faire quelques pas, comme ça, sous la pluie, pieds nus avec juste sa serviette autour de la taille. Mais quelqu'un pouvait surgir d'un bureau à tout moment. Il se contenta de laisser la porte entrouverte et alla mettre la machine à café en route.

Une fois installé à l'ordinateur avec sa tasse de café, il commença par relever ses e-mails. Il n'avait pas encore de réponse de Price Minister pour les deux films, mais Amazon avait confirmé le troisième. Si la livraison ne prenait que vingt-quatre heures, il l'aurait peut-être le lendemain. À cette idée il fut de nouveau envahi d'une sorte de malaise. Même s'il était impatient de découvrir ses films, il se sentait y aller à reculons. Une fois Élisabeth lui avait dit : « Tu ne pourras jamais avoir de vraies histoires avec ces filles, parce que le jour où tu te retrouveras en face, tu en sauras beaucoup trop pour que ça donne quoi que ce soit d'équilibré. » Ça n'avait pas été un problème jusque-là, puisqu'au fond de lui, il n'avait jamais eu l'intention de concrétiser les choses. Mais cette fois c'était différent... Il ne doutait d'ailleurs pas un instant que la rencontre soit possible. Il connaissait beaucoup de monde, le moment venu il trouverait forcément quelqu'un pour les mettre en présence. Il s'agissait juste de décider quand, et comment. Il y avait les potes de Mathieu, qui travaillaient à Los Angeles ou à New York et qui sortaient tous avec des actrices ou des mannequins. Ou bien Élisabeth, régulièrement amenée à travailler pour des gens connus. Untel connaissait toujours Untel, et de proche en proche... Non, même si le processus n'était pas très romantique, une fois qu'il serait prêt, il y aurait toujours quelqu'un pour organiser ça.

Alors pas question de continuer à chercher un tas d'infos. Non seulement il ne voulait pas tout savoir, mais il saturait déjà de tous ces sites qui se paraphrasaient les uns les autres. Les gens « en vue » savent-ils tout ce qu'on peut trouver sur eux sur Internet ? Ont-ils la moindre idée de jusqu'*où* ça peut aller ? Il décida de commencer par trier les photos afin de n'en garder que quelques-unes. Pareil pour les bouts de textes téléchargés. Il les relirait tous pour mieux les intégrer puis les jetterait. Cette fois, pas de fiches punaisées aux murs, pas de posters confectionnés à l'aide de feuilles A3. Cette fois, il retrouverait l'ambiance des débuts... quand il travaillait avec Mathieu, dans ce local où ils dormaient aussi, et qu'il se contentait d'une seule petite photo scotchée sur un coin de l'ordinateur, pour lui tenir compagnie et le motiver quand il n'avait pas envie de bosser.

En attendant le journal du soir, où elle devait passer en interview avec Claire Chazal, il ne retourna sur Internet qu'à quelques reprises, se retenant d'aller inspecter les autres liens indiqués chaque fois en annexe. Il découvrit certaines choses charmantes, comme ce site qui proposait des traductions de noms japonais. Chacun étant composé de plusieurs syllabes qu'il fallait associer, et chacune offrant plusieurs possibilités, il ne lui fut pas aisé de trouver des significations globales. Après avoir lu la totalité des exemples cités, il parvint toutefois à déduire ceci : « Junko » pouvait signifier l'« enfant pur » ; « Ishida » restait littéralement « le caillou au milieu du champ » ; et « Setsuko », le prénom de sa mère, voulait peut-être dire « la saison à laquelle est né l'enfant ». Tout cela auréolait brusquement le tableau de quelque chose de très fort, de très archaïque... Les clichés qui affluaient dans sa tête – tels que des paysans aux chapeaux pointus courbés sur des récoltes de riz – étaient un peu ridicules, mais il n'en fut pas moins bouleversé. Ici aussi, en France, on avait des agriculteurs depuis la nuit des temps, mais le simple fait que ces gens aient les yeux bridés changeait tout... Du peu qu'il savait de l'Asie pour l'avoir aperçu dans des reportages, il se souvenait de visages impénétrables à cause de ces yeux insondables. Et l'idée que depuis toujours leurs sentiments demeuraient invisibles, éveillait tout d'un coup une grande estime en lui.

Il lut aussi des choses beaucoup moins touchantes, comme un référendum sur askmen.com qui énumérait les raisons de craquer sur elle :

« Regardez sa bouche, il n'y a rien à dire de plus ! »

« Ces Asiatiques sont tellement souples ! »

« Une fille capable de vous balancer son pied dans la gueule si vous la faites chier = danger = miam ! »

Cette façon de voir faisait évidemment écho en lui, mais ça l'agaça que des gros beaufs auxquels on n'avait rien demandé se permettent de tenir des propos aussi limités sur elle. Et constater qu'elle plaisait à beaucoup le rassura, certes, mais l'exaspéra.

La journée s'écoula comme ça, sur son ordinateur, avec le cendrier qui débordait de nouveau. Mais autant la veille il avait été transporté d'enthousiasme, autant là, même si son malaise du réveil avait nettement diminué, des bribes en persistaient. Il évitait de lever les yeux vers les fenêtres où la pluie continuait de ruisseler. La pièce restait lugubre malgré les nombreuses lumières allumées. Et en dépit de la sympathique BO de *Thelma & Louise*, une sorte de silence écrasant semblait peser autour de lui.

Le soir, cinq minutes avant le début du 20 Heures, il attendait dans le canapé, la télécommande du magnétoscope à la main. Mais il était assis tout raide. Comme s'il n'avait pas entièrement envie de se trouver là. D'ici peu il serait de nouveau habité jour et nuit, et si une partie de sa tête y aspirait fiévreusement, après des mois de vide intérieur, l'autre lui intimait de freiner. Que se passerait-il s'il éteignait la télé ? Était-il encore temps de tout laisser tomber ? Et s'il le décidait, est-ce qu'il y parviendrait ? En même temps, la voir de nouveau, et l'entendre parler, surtout, était une opportunité qu'il ne pouvait pas laisser passer.

Le générique des infos commença, la musique vint couvrir celle qui lui parvenait de l'autre pièce et il se raidit encore dans le canapé. C'était maintenant ou jamais qu'il devait éteindre. C'était pure folie, mais c'était maintenant, alors que PPDA apparaissait à l'écran et annonçait les titres qui seraient développés. C'était maintenant, mais c'était déjà trop tard :

« Nous retrouvons à présent Junko Ishida en direct de Cannes. Junko Ishida, l'héroïne de *Madame Butterfly*, un film de Peter Sheridan qui sera projeté ce soir et qui sortira dans les salles la semaine prochaine. Mademoiselle Ishida, bonsoir.

— Bonsoir (*en français*). »

Elle était assise dos à la mer, en haut de l'écran un

bandeau indiquait « Hôtel Martinez – Cannes – En direct ». Elle portait une robe noire aux épaules entièrement dénudées, ses longs cheveux raides tombaient devant et ses yeux étaient plus plissés que jamais à cause du soleil qui semblait se coucher en face d'elle.

« Vous êtes à l'affiche de *Madame Butterfly*, que l'on peut considérer comme un remake de la première adaptation qui remonte à 1915. Savez-vous qu'en France Frédéric Mitterrand a déjà tourné sa propre vision de cette histoire ?

— (*Attente de la traduction.*) Oui (*en anglais cette fois*), bien sûr, j'ai découvert ce film en préparant le rôle, il est magnifique.

— La particularité cette fois est que le film est quasiment entièrement tourné en japonais, alors qu'il s'agit d'une production américaine. Or vous avez quitté le Japon étant enfant. Est-ce que c'est une langue que vous parlez couramment, ou avez-vous eu à l'apprendre pour les besoins de ce rôle ?

— Oui, je parle couramment le japonais. Ma mère a continué de nous parler en japonais à la maison, même une fois que nous sommes partis vivre aux États-Unis, si bien que je n'ai jamais cessé de le pratiquer.

— Alors on sait que dans le Japon traditionnel, il était très mal vu si l'on peut dire d'être une mère célibataire, et même encore aujourd'hui, dans la société japonaise actuelle, cela reste un défi. Est-ce qu'il a été difficile pour vous d'interpréter un tel rôle, sachant que vous êtes japonaise de naissance ?

— Ma mère m'a toujours beaucoup parlé du Japon, et effectivement elle m'a mise en garde contre l'audace que représentait ce rôle. Au Japon, encore aujourd'hui comme vous le disiez, une femme qui à trente ans n'est pas encore mariée continue d'avoir quelque chose de honteux. Mais étant moitié japonaise, et pas encore mariée alors que je viens justement d'avoir trente ans, ça m'a paru un bon défi à relever !

— *Madame Butterfly* s'est vu devancer par *The Hours* aux récentes remises des Oscars et des Golden Globes. Vous en êtes cependant à votre seconde nomination pour un Golden Globe, ce qui est relativement rare à votre âge.

(*Sourire timide.*)

— Vous êtes venue avec votre mère, avec laquelle vous monterez les marches ce soir. Est-ce que ce choix a été motivé par le contenu de ce film en particulier ?

— (*Hésitation*) Oui, enfin disons que ma mère connaît peu le cinéma et ce film-là m'a effectivement paru une bonne occasion de le lui faire partager.

— Vous venez par ailleurs de commencer le tournage du prochain film de David Cronenberg, auquel on doit entre autres *Existenz*. Une partie de ce tournage se déroule à Paris, vous allez donc séjourner dans notre capitale quelque temps, est-ce que vous vous plaisez en France ?

— Oui, j'aime beaucoup Paris. Du moins le peu que j'ai eu l'occasion de voir, pour l'instant, me plaît beaucoup, les Français sont très chaleureux.

— Mademoiselle Ishida, merci beaucoup de nous avoir consacré ce moment. Nous savons que depuis votre arrivée, ce matin, vous avez enchaîné les interviews et que vous devez repartir tout de suite après la projection. Nous vous souhaitons donc bonne chance pour ce festival, et pour votre tournage.

— Merci beaucoup (*en français de nouveau*). »

Tout ça était allé si vite qu'il ne savait pas quoi en penser... Elle avait l'air beaucoup plus jeune que sur le trottoir, à peine vingt-cinq ans. Peut-être à cause de son sourire poli à chaque attente de la traduction. Il lui avait aussi semblé déceler un début de gêne quand PPDA avait parlé de la présence de sa mère... PPDA un vendredi, inhabituel d'ailleurs. Elle allait donc rester à Paris un moment, mais combien de temps ? Au moins jusqu'à la clôture de Cannes. Car si le film avait un prix, il était impensable qu'elle ne soit pas présente. Mais quelle était la durée du tournage ? La savoir partie de Paris le perturbait même si elle était visiblement sur le point de revenir.

Il n'avait plus aucun doute, si tant est qu'il en ait jamais eu. Peut-être avait-il juste eu besoin de la revoir pour en être sûr. Et de l'entendre. Elle était la fille la plus... il n'avait même pas de mots.

4

Le lundi matin, empli d'une nouvelle force qui l'incitait plus que jamais à se montrer à la hauteur, il s'était levé à huit heures pour se remettre au travail. Sans complaisance pour son manque de sommeil après avoir encore passé les nuits de samedi puis de dimanche sur Internet. Mais malgré toute sa bonne volonté, il était incapable de se concentrer. Une chose ou une autre ne cessait de venir lui traverser l'esprit. Pourtant, au saut du lit il avait fait le nécessaire pour éviter ça.

Un e-mail à Mathieu, pour lui demander de se renseigner sur le lieu du tournage. Sans donner d'explication, juste les informations utiles trouvées sur le net : noms des divers producteurs engagés dans le projet, ceux des autres acteurs principaux et celui du studio. Ensuite un appel au concessionnaire, pour vérifier que la voiture était bien prête, et, fidèle à sa promesse de travailler, il avait prévenu qu'il ne viendrait que le lendemain. Enfin, dans le programme télé, il avait relevé les horaires de toutes les émissions qui parleraient de Cannes pendant la semaine, et programmé celles de la journée. Le film ayant été projeté quatre jours plus tôt, il y avait peu de chances qu'il en soit encore question, mais ça ne coûtait rien d'espérer.

Tout avait donc été réglé pour que plus rien ne vienne le préoccuper jusqu'au soir. Il tenait à ce point à travailler, que vers dix heures, quand la fente dans la porte qui servait de boîte aux lettres s'était soulevée, il ne s'était pas levé pour aller ramasser l'enveloppe d'Amazon enfin arrivée. Il ne visionnerait le film que le soir, et résistait même à l'envie de regarder la jaquette de plus près. L'enveloppe gisait à moins de quatre mètres de lui. Il aurait suffi d'un léger coup de pied pour que les roulettes de son siège le propulsent jusque-là, histoire de la mettre ailleurs pour éviter l'effort de ne pas regarder dans sa direction. Mais il ne bougeait pas.

Il était installé là, devant sa table à dessin, ses lampes recourbées sur lui, ses crayons éparpillés. Mais chaque fois que son regard se posait sur le paysage entamé, son esprit partait ailleurs. Il avait suivi un nombre incalculable d'émissions pendant le week-end. Hélas sans jamais la voir, puisque la projection datait déjà, mais la foule d'images ingurgitées ne cessaient de lui revenir. Il y avait eu des montées de marches, des extraits de films, des interviews d'acteurs et de réalisateurs. Il avait vu l'équipe de *Matrix* au grand complet à l'exception des frères Wachowski, et de nouveau il avait été sidéré de ne pas encore s'être précipité pour voir le film... Il s'était tapé des heures de conférences de presse sur le canal 100 du câble, espérant tomber sur celle de *Madame Butterfly*, en vain car les rediffusions avaient déjà eu lieu. Il avait découvert trop tard cette chaîne provisoire consacrée au festival, et il avait failli appeler Noos pour les insulter tellement c'était pas croyable qu'ils l'aient mise en place sans l'annoncer. Il avait vu un tas de résumés d'une quotidienne sur Paris Première, où la voix off d'une fille se permettait des vannes franchement déplacées : à l'apparition de Brigitte Fossey et Claude Lelouch : « Ça sent le renfermé sur la Croisette, sortez les pots de chambre et les déambulateurs, voilà les fossiles » ; à celle de Pierre Lescure : « Lifting raté, le collagène c'est dans la bouche, pas sous les yeux » ; à celle de David Caradine : « Ils l'ont lyophilisé dites donc, ou alors il doit manquer de fer, regardez ses cheveux. » Sans parler d'une espèce de commentaire récurrent sur Patrice Chéreau, à chaque fois qu'un ralenti le montrait en train de promener son regard sur la foule : « Silence, Patrice Chéreau est inspiré », « Silence, Patrice Chéreau a vu la Vierge », « Silence, Patrice Chéreau va pondre un œuf. » Non mais pour qui elle se prenait celle-là ?

Il avait vu des tas de visages sourire aux flashs et des tas de photographes hurler des noms. Des descentes de voitures, des cordons de gardes du corps et des bras qui se tendaient. Des chambres d'hôtel où on se faisait coiffer, des cuisines où on s'affairait, des salles de projection où on applaudissait. Il avait vu des trottoirs le jour et des intérieurs de boîte la nuit. Partout des blondes trop maquillées se foutaient presque à poil pour attirer la caméra. Il s'était demandé quel genre d'attitude elle avait dans ce genre d'endroits. Mais elle n'était apparue nulle part, puisqu'elle n'y était plus, et il lui en savait gré.

Il avait si peu dormi depuis quatre nuits que ses yeux pleuraient. Mais surtout, il avait abusé ce week-end. Il le savait. L'ensemble des photos scotchées sur le mur à sa droite en témoignaient. Une cinquantaine de photos alignées à l'horizontale. Et les Post-it en dessous de chacune achevaient d'en attester. Il y avait de tout : la totalité ou presque de ses rédactionnels de mode ; des arrêts sur image de pubs télé qu'il était parvenu à retrouver et à télécharger ; des photos de presque tous ses films ; des photos de plateau, des arrivées à des premières, des portraits d'agence – et sous chaque photo le Post-it indiquait la date et la provenance. Il avait même déniché un cliché de son père devant l'usine Toyota de Nagoya, comprenant enfin comment ce dernier avait atterri en Asie... Nagoya, port de commerce sur l'île principale de l'archipel, est la troisième ville du pays : de là viennent quatre-vingt-douze pour cent de la production de poterie japonaise, et là se trouvent les plus grandes usines Toyota... Mais la photo à laquelle il tenait déjà le plus, à peine plus grande qu'une pochette d'allumettes et qu'il n'avait pas pu agrandir à cause des pixels, était celle de la maison dans laquelle elle avait grandi. Sur le modèle des sites américains qui proposaient des photos de villas de célébrités, il en avait par hasard trouvé un dédié aux Asiatiques. On ne voyait bien entendu que la façade extérieure, en partie dissimulée par une haie de bambous, mais la vue de cette maison de bois, construite sur un seul niveau et s'étendant en longueur sous un imposant toit de chaume, l'enchantait littéralement. Il était aussi parvenu à installer la police permettant d'aller sur des sites japonais, tout simplement contenue dans les compléments de Word. Il avait alors enfin pu jeter un œil sur amazon.co.jp, où il avait commandé son dernier film, juste pour le plaisir de recevoir un paquet en provenance de là-bas. Et sur amazon.com et amazon.co.uk, il avait trouvé deux autres des films manquants. Tout cela prendrait plusieurs semaines pour arriver mais il s'efforcerait d'être patient.

Il était tellement déterminé à revenir à la normale, dès ce lundi, qu'il avait même coupé l'alerte de nouveaux messages de sa boîte d'e-mails. Même si Mathieu répondait rapidement il ne le saurait que le soir. Chaque fois qu'il avait envie de se lever, il serrait plus fort le crayon dans sa main. Mais il n'y avait rien à faire. Tout ce que cette main avait envie de dessiner était la maison au toit de chaume. Il l'avait scotchée à part, sur le bras d'une des lampes, et sans s'en rendre compte il n'arrêtait pas d'en commencer des esquisses. L'épaisse feuille qui tapissait la base de son bureau pour ses essais de crayons en était recouverte. Ces intrusions ne le contrariaient pas vraiment, encore une fois il n'était pas en retard sur ce travail. Mais, au fond de lui, il se décevait. Elle, si elle l'avait eu dans la tête, elle ne se serait pas laissé distraire de son tournage. D'elle se dégageaient une discipline et une force de caractère certaines. Quelque chose d'infaillible. Comme chez lui en temps normal. Sauf que, pour une fois, il ne pouvait pas en dire autant.

***

En début de soirée, quand il se décida enfin à quitter sa table, il avait heureusement avancé un peu. Pas de réponse de Mathieu, mais celui-ci n'était pas du genre à se manifester avant d'avoir un résultat concret. Autre déception : aucune des émissions enregistrées n'avait parlé du film. Il se consola en songeant qu'il sortait le surlendemain. Rien de réjouissant non plus côté DVD : sur la jaquette on la voyait dans une chaise roulante, et s'il était impatient de découvrir ce qui semblait être son premier film « intelligent », vu l'histoire il n'y aurait pas matière à fantasmer... Il lut le résumé pour se la remettre en mémoire :

Elisabeth et Mark Harris attendent un heureux événement. Hélas, en chemin pour la maternité, leur voiture est percutée par un camion et Mark perd la vie tandis qu'Elisabeth se retrouve grièvement blessée. Elle parvient toutefois à mettre au monde un enfant en parfaite santé. Mais à sa sortie de l'hôpital, où elle a subi de nombreuses opérations qui n'ont pu lui éviter plusieurs paralysies, les services sociaux lui retirent l'enfant...

Il glissa le DVD dans le lecteur puis s'installa dans le canapé. Pendant que le texte antipiratage défilait, il songea qu'il se pouvait que Mathieu ne trouve pas le lieu du tournage. Ou bien qu'il l'obtienne, mais trop tard. Que faire alors ? Quelque part, il n'avait pas pensé que les choses devraient s'articuler si vite. Le sigle d'Universal apparut mais il mit sur pause. Il fallait qu'il se prépare un peu à ce qu'il allait voir. Si elle jouait atrocement mal...

Assis là, avec pour seule lumière celle de l'écran du rétroprojecteur, il songea que les gens devraient aller plus souvent au cinéma. Chez eux, ils ne sont jamais assez concentrés. Ils passent leur temps à revenir en arrière pour revoir une scène, à mettre sur pause pour aller pisser ou répondre au téléphone. Ils abusent des ralentis, des zooms. Et quand ils sont plusieurs, ils ne peuvent jamais s'empêcher de parler comme s'il leur fallait à tout prix commenter ce qu'ils sont en train de voir. Or comment vraiment regarder un film dans ces conditions ? Comment juger de son efficacité si on passe son temps à s'interrompre ?

Lui respectait ce minimum de rigueur. Quand il voyait un film pour la première fois, jamais il ne l'interrompait. Il n'allait juste pas souvent au cinéma parce qu'il supportait mal les contraintes. Les séances à heures fixes, la queue, puis une fois installé, se retrouver entre des gens qui passent tout le film à chuchoter ou à mastiquer. Surtout il regrettait ce qui à ses yeux constitue l'intérêt principal de la démarche : l'absence totale de réelle expérience collective. À part la fois où il avait vu la salle du Ciné Cité se lever tout entière pour applaudir à la fin de *Matrix*, les Français sont trop coincés pour partager quoi que ce soit. Alors même si son écran restait plus petit que celui d'une salle, il était aussi bien.

Il s'assura qu'il avait ses cigarettes, son briquet et un cendrier. Il songea encore une fois à Mathieu, puis il lança le film. Mais dès l'instant où elle apparut, préparant du café pour son mari qui parcourait le journal à la table de la cuisine, il ne put se retenir de mettre sur pause. Elle avait beau être habillée de manière quelconque et évoluer dans un intérieur tout aussi quelconque, elle était là, en train d'accomplir un geste tout con mais pour lequel il aurait tout donné... Elle au réveil, prête à partir travailler mais trouvant le temps de partager un petit déjeuner avec lui. Ou elle au premier matin, après la première nuit, seule chez lui après son départ, déambulant dans le loft et laissant courir sa main sur ses meubles...

C'était parti. Son film intérieur débutait enfin. S'il n'avait pu s'y laisser aller avant, c'était peut-être qu'il manquait encore quelque chose d'essentiel. La voir bouger, tout simplement...

Il est à une soirée avec Mathieu. Chez un producteur qu'il ne connaît pas mais Mathieu a insisté pour qu'il l'accompagne. Le cadre : une maison que Mathieu et lui avaient louée un été, près d'Antibes, sauf que là elle est située disons derrière Montmartre. Le salon est immense et dans le fond une baie vitrée ouvre sur un jardin et une piscine. Ce n'est pas la fête de fin de tournage de Cronenberg, bien que le film soit terminé et que celui-ci soit présent. C'est autre chose et il n'est pas du tout habillé pour l'occasion. Il est en jean avec son blouson en cuir et des baskets, alors que presque tous les autres hommes sont plus âgés et en costume. Elle non plus n'est pas en robe du soir comme la plupart des autres femmes, elle aussi est en jean, avec une veste de tailleur gris foncé sur une chemise blanche. Ses cheveux sont un peu plus courts que devant l'hôtel, et moins raides, ils suivent le mouvement de sa tête quand elle bouge. Elle est aussi plus mince encore que dans son souvenir. On voit clairement ses clavicules dans l'échancrure de sa chemise, comme chez Élisabeth, et elle n'a pas l'air d'avoir des masses de seins non plus. Il y a là une cinquantaine de personnes et elle est à l'autre bout de la pièce, entourée de gens qui lui parlent tous en même temps. Elle hoche la tête poliment, mais elle n'a rien à voir avec la timide jeune fille devant PPDA. Elle fait plus femme, plus froide surtout. Son esquisse de sourire a quelque chose d'amusé, de hautain juste ce qu'il faut. Ça se sent, d'ailleurs, que ça la saoule d'être là, elle donne le change, en attendant de pouvoir repartir sans paraître mal élevée de le faire trop vite. Il s'efforce de regarder le moins possible dans sa direction, contrairement à la majorité des invités qui ne la quittent pas des yeux. Mais en revanche, il sent que son regard à elle revient régulièrement vers lui.

En arrivant il l'a tout de suite remarquée, alors que pour elle ça a pris un peu plus de temps. À un moment elle a fait un tour d'horizon, comme si elle cherchait quelqu'un, et leurs regards se sont enfin croisés. Elle a rapidement détourné les yeux mais il a eu le temps d'y lire la surprise. Comme quand on vient de voir entrer une personne qui nous plaît immédiatement, et que l'espace d'un millième de seconde, on est sous le choc tant ça nous semble improbable. Depuis elle évite de le considérer franchement, faisant chaque fois mine de s'arrêter derrière lui. Il regarde alors ailleurs pour la laisser faire, puis quand il sent qu'elle s'est de nouveau détournée, c'est son tour de pouvoir la détailler à loisir. Il ne voit pas ses pieds mais elle doit porter les mêmes boots que la dernière fois, sans talons elle dépasse largement toutes les autres. Il aime l'idée qu'une femme soit de la même taille que lui. Il aime l'idée que debout, contre un mur, son regard soit exactement à la hauteur du sien. Elle tend régulièrement sa main à des personnes qu'on lui présente, et même si ses mouvements sont chaque fois imperceptibles, ce qui en émane est quasiment insoutenable. Quelque chose de félin à l'extrême. Une fausse retenue, comme si ça se bousculait à la surface pour jaillir, déborder. Une sorte d'indépendance sauvage, à la fois bouillonnante et glaciale, définitive. Jamais encore il n'a vu une femme dégager autant d'intensité en en faisant si peu.

Le groupe dans lequel elle évolue se déporte dans la pièce, s'éloignant de là où il se tient, et chaque fois elle s'assure d'un bref coup d'œil que lui n'a pas bougé. Il a un verre à la main et hoche un peu la tête sur la musique. Ça pourrait être ce morceau sur la BO de *Vanilla sky*, « Mondo », qui passe à la fête d'anniversaire de Tom Cruise et qui ressemble à de la techno sans en être de la vraie qui prend la tête. Il adore ce morceau, aussi en marque-t-il sincèrement le rythme. Il oublie même brièvement sa présence, quand Mathieu le prend à partie dans une conversation avec deux autres types. Lorsqu'il s'en rend compte, il se dit qu'avec un peu de chance, elle en a profité pour le détailler et le voir au plus naturel. À un moment, il décide de disparaître derrière un pilier voisin et ça ne rate pas, une vague de panique discrète mais évidente passe sur son visage. Il savoure quelques instants, puis se montre à nouveau. Elle le fixe alors curieusement, comme si elle lui demandait pourquoi il vient de faire ça, pourquoi il en a eu besoin. Et il répond par une sorte de moue penaude qu'il fallait qu'il soit sûr. Elle se retrouve entraînée vers la porte-fenêtre qui donne sur le jardin, et pour la première fois, elle lui fait signe du menton de suivre le mouvement.

Il attend qu'ils soient sortis, puis dépose son verre sur le plateau d'un serveur et commence à se frayer un passage vers le fond. Sur le pas de la porte-fenêtre, il voit que le groupe s'est arrêté au bord de l'eau turquoise de la piscine éclairée par le fond. Dehors il n'y a qu'eux, et il comprend à son regard qu'elle n'avait pas prévu ça, qu'elle espérait pouvoir passer inaperçue en s'éloignant. Il montre qu'il comprend, s'apprête à repartir mais elle fait signe qu'il attende un moment. Il descend les marches, enfouit ses mains dans les poches arrière de son jean et s'avance dans le jardin, à l'écart. Il marche un peu en regardant le ciel, les arbres, la ville au-delà du muret qui entoure la propriété. Il ne tourne pas la tête vers elle pour qu'elle ne soit pas tentée de l'imiter, risquant ainsi de laisser voir aux autres où elle regarde. Soudain on entend des éclats de voix, une dizaine de personnes s'approchent et elle en profite pour s'éclipser. Il attend qu'elle arrive à son niveau, puis reprend sa promenade. Elle marche à côté de lui, elle aussi a les mains dans les poches arrière de son jean. Ils regardent devant eux. Ils ne parlent pas. Quand ils arrivent au muret qui borde le jardin, ils font demi-tour naturellement. De côté, il voit qu'elle ne quitte pas des yeux les gens près de la piscine. Elle parle enfin. En français, sans trop d'accent et avec une voix plus grave qu'en anglais à la télé. Elle dit : Je vais bientôt partir. Et là elle tourne la tête vers lui, elle tourne son regard noir dans lequel il ne voit rien, et pourtant il voit tout. Il est incapable de prononcer un mot, même s'il sait qu'elle aussi a besoin d'entendre sa voix. Elle poursuit : Je suis vraiment désolée, mais on ne peut pas être vus en train de partir en même temps. Il acquiesce de la tête, puis regrette tout de suite de l'avoir fait trop vite. Il a envie de dire qu'il a vu *Notting Hill*, qu'il sait comment ça marche, mais il se retient tant ce serait crétin. Elle ajoute : Je peux vous renvoyer le chauffeur si vous pouvez attendre un peu. Il va enfin parler, répondre qu'il a une voiture, mais quelqu'un l'interpelle. Elle retire les mains de ses poches. Dans une demi-heure, elle dit, environ une demi-heure, on vous préviendra, et elle s'éloigne. Il la regarde rentrer dans la maison avec un type. Il attend un instant, puis rentre à son tour.

Il dit à Mathieu qu'il ne va pas tarder, puis il cherche du regard qui est censé le prévenir. Il repère une femme qu'il a vue lui parler, elle a un dossier dans une main et un portable dans l'autre. Elle aussi l'a repéré car elle lui fait signe de se tenir prêt. Comment peut-elle être sûre que c'est bien de lui qu'il s'agit, elle n'était même pas dans le jardin ? Elle est blonde, la quarantaine. C'est celle de *Notting Hill*, celle qui au début prend Hugh Grant pour un journaliste, puis qui la deuxième fois l'introduit dans la suite avec un imperceptible sourire de complicité. En d'autres temps, elle aussi il serait bien rentré avec... Ça y est, elle répond à son portable et lui fait signe de la suivre. Dans le hall d'entrée, elle dit qu'il devra demander la suite 412. Une Classe S attend devant le perron. Le chauffeur lui ouvre la portière, mais c'est elle qui la referme une fois qu'il s'est glissé sur la banquette, avec un discret coup d'œil complice. Tandis que la voiture démarre, il la voit remonter les marches et ressortir son téléphone. Ils traversent la ville déserte, dans la pénombre par endroits et tout illuminée à d'autres. Il se demande comment le chauffeur a pu revenir si vite. Il a une vague angoisse en pensant à la Porsche restée garée près de la maison, mais elle ne risque sans doute rien.

Dans la contre-allée du Four Seasons, un voiturier vient à leur rencontre. À la réception, il donne le numéro de la chambre et on lui indique poliment l'ascenseur. Il choisit l'escalier, se demande comment sont ses cheveux, son haleine, s'il se peut qu'il sente la transpiration. En longeant le couloir, il s'efforce de respirer lentement pour calmer les battements de son cœur. Il frappe en priant pour qu'elle prenne son temps, qu'elle lui laisse encore quelques secondes, juste quelques secondes, mais elle ouvre. Elle a une sorte de sourire amusé, comme si elle pensait qu'il n'irait pas jusqu'au bout. Elle s'efface pour le laisser entrer, referme derrière lui. La suite est vaste mais sobre, des tons clairs. Sur un guéridon, deux galets noirs retiennent une orchidée tigrée avec un brin de fougère. Une seule lumière est allumée, dans le fond, près d'une fenêtre, et dans l'air flotte un parfum fleuri. Elle vient probablement d'en mettre car il ne l'a pas perçu dans le jardin. Elle n'a pas retiré sa veste, a de nouveau les mains dans les poches arrière de son jean. Elle s'approche de la fenêtre. Ça marche le dessin ? elle demande, le dos tourné. Elle s'est renseignée, évidemment. Il ne va tout de même pas répondre « Ouais, génial, et vous les films ? » Elle revient vers un des canapés, s'assied sur l'accoudoir sans retirer les mains de ses poches. Il approche à son tour, s'arrête au plus près. Il a les yeux baissés sur elle qui lève les siens. Sa bouche reste entrouverte et elle ne quitte pas des yeux la sienne. Il prie pour que son regard ne descende pas, les plis de son jean un peu trop grand ne doivent pas suffire à masquer son érection monumentale. Elle continue de fixer sa bouche, il fixe aussi la sienne toujours entrouverte. Ils savent qu'ils vont le faire, ils savent qu'ils sont sur le point de le faire, ils vont s'attraper furieusement, c'est juste une question de temps. Elle se redresse et il décale légèrement son épaule pour éviter d'être frôlé. Elle s'éloigne vers une table de nuit, prend une bouteille d'Evian, en boit une gorgée, se tourne pour lui en proposer, il fait non de la tête et s'assied sur l'accoudoir qu'elle vient de quitter. Elle revient, s'arrête aussi près que lui un instant plus tôt. Il ne peut s'empêcher de baisser les yeux. La taille basse de son jean et le dernier bouton ouvert de sa chemise laissent voir un peu de sa peau très pâle. La texture délavée du jean est si fine qu'il devine exactement ce qu'il va trouver en dessous. Il sait comment ces cuisses vont s'ouvrir, comment ce bassin va se soulever. Il pose timidement les mains sur ses hanches, en passant sous les pans de la veste qu'elle laisse glisser de ses épaules. Il va remonter sur sa taille, mais elle retire ses mains pour s'asseoir de face sur ses genoux. Il reste les bras ballants, n'osant plus rien tenter, fixant sa bouche comme de nouveau elle fixe la sienne. Elle est au plus près de son ventre. Elle ne bouge pas, elle ne dit rien, mais de son corps tout entier se dégagent des ondes d'une violence inouïe. Et il sait qu'à la seconde où sa salive va rencontrer la sienne, il va devenir fou...

***

Il n'alla pas chercher la voiture le lendemain, et ne se rendit pas non plus au cinéma le mercredi. Il travailla d'arrache-pied pendant ces deux jours, et quand enfin il estima qu'il avait rattrapé le temps perdu, alors il s'accorda de mettre le nez dehors.

En se glissant au volant de la Porsche, il fut soulagé d'y reprendre ses marques. S'il y avait à peine pensé les jours précédents, en regardant le mécanicien l'avancer, il avait brusquement retrouvé les mêmes appréhensions qu'en la laissant. L'aile garderait-elle une trace, même infime, ou l'intérieur aurait-il subi un genre d'intrusion ? Le simple fait qu'on ait touché aux affaires qu'il laissait toujours dedans, tout ce qui fait qu'une voiture est la nôtre, comme un appartement... Mais il n'en était rien, l'air à l'intérieur n'avait pas conservé l'empreinte d'une autre odeur, quant à l'aile, aucune trace. Il l'avait évidemment caressé de la paume de la main, et si le mécanicien n'était pas resté à proximité il lui aurait parlé... Robert Duvall parlait bien à sa voiture dans *Jours de tonnerre*. Il s'était aussi attendu à ce qu'en tendant sa carte de crédit, une rage froide l'envahisse et redéclenche sa quête de la Golf noire. Mais bizarrement, c'était le moment que son cerveau avait choisi pour lui faire voir la chose sous un tout autre angle : si cette fille n'avait pas rayé sa portière, jamais il ne serait allé déposer la voiture le lendemain, jamais il n'aurait eu à prendre un taxi, et jamais il n'aurait fait ce détour aberrant par le Four Seasons... Il l'embrasserait, maintenant, s'il retombait dessus ! Enfin peut-être pas, mais au moins il ne lui en voulait plus.

Il était donc d'une humeur agréable malgré les embouteillages de cette fin de matinée. La BO d'*Ocean's eleven* défilait, le système de navigation le guidait tranquillement vers les Halles, où il irait voir *Madame Butterfly*, et tout ce qu'il avait à penser, c'était comment occuper les deux heures qui le séparaient de la séance de 13 h 45.

Il roulait le toit ouvert, et comme souvent dans ces cas-là, il éprouvait une sorte d'ambivalence à l'égard des autres conducteurs. S'ils se trimbalaient dans des voitures à chier, après tout, c'était peut-être par manque de goût plutôt que de moyens. Mais d'un autre côté, il trouvait injuste que les belles voitures ne soient pas plus abordables. Un grand nombre de vrais passionnés de Porsche ne pourront jamais s'offrir le plaisir de les conduire. En même temps, ce n'est pas le genre de voitures à mettre dans les mains de n'importe qui. Pour se débarrasser d'emblée des abrutis, il faudrait faire passer un test psychologique aux gens afin de déterminer la raison de leur choix. Mais surtout, chaque acheteur devrait se voir imposer un stage initiatique sur circuit : les Porsche ne sont pas des voitures qui se conduisent mais qui se pilotent...

À ses yeux, il n'y avait pas trente-six marques qui comptaient en dehors des Porsche, il n'y en avait que trois. Les Ferrari, qui à elles seules constituent une catégorie à part : les plus chères, parmi les cinq ou six au monde à dépasser la barre du million ; les plus rares, au sens propre du terme, comme une femme qui serait à la fois magnifique et docteur en bio-chimie ; et les plus spectaculaires côté assemblage du moteur, un véritable travail d'orfèvre. Bien sûr, ces bijoux sont tout sauf pratiques : trop longues et trop larges pour se garer facilement, trop surbaissées pour supporter les imperfections du sol, presque pas faites pour rouler, finalement. Mais quand on y réfléchit, elles continuent d'être les seules voitures « futuristes » telles qu'on les imaginait il y a cinquante ans... Ensuite les Mercedes, indéniablement les plus confortables, les plus silencieuses et les plus souples à conduire. Sans oublier la perfection de leurs finitions, comme ces appuie-tête, dans les récents modèles haut de gamme, qui font penser aux têtes des droïdes dans l'*Episode One* de *Star Wars* ! Enfin les Volkswagen, les plus fiables de tous les temps et indémodables car sans fioriture aucune.

Pourquoi, alors, préférait-il les Porsche, qui n'ont pas que des avantages ? Peu d'électronique embarqué, beaucoup de boucan à cause du moteur, plutôt tapecul en raison des amortisseurs un peu durs, et fatigantes pour les jambes toujours allongées. La réponse était simple : le coup de cœur. On tombe amoureux d'une voiture pour son esthétisme avant de connaître ses performances. Comme dans la vie. On tombe d'abord amoureux d'un physique avant de savoir ce que la personne vaut en dedans. Les Porsche plaisent aux hommes parce qu'elles sont sensuelles et aux femmes parce qu'elles sont viriles – quelle autre marque peut en dire autant ? S'il aimait la sienne, c'était pour ce qu'elle suscitait en lui. Son admiration pour sa ligne bien sûr, sortie tout droit du cerveau de génie de Ferdinand Porsche. Son respect des ingénieurs et mécaniciens derrière son élaboration. Et enfin sa puissance, évidemment. La faire accélérer, freiner, accrocher à la route. Manier une tonne et demie pour deux cent quatre-vingt-cinq chevaux – qui n'en tirerait pas une jouissance maximum ? Se retrouver au volant d'une voiture sollicite tous les sens. Voilà pourquoi il attendait désespérément de tomber sur une fille dans une Porsche : il voulait la voir exulter ! Se colleter avec la bête ! Et elle, bon Dieu, elle devait être grave classe quand elle conduisait...

Parvenu aux abords des Halles, il était encore beaucoup trop en avance et décida de traverser vers Saint-Michel. Il n'y avait rien à faire, aux Halles, pour tuer le temps. Rien d'autre que traîner, et une foule compacte s'en chargeait déjà. Les magasins ne donnaient pas envie de dépenser, sauf peut-être la Fnac, mais il n'était pas d'humeur à se faire insulter tous les trois mètres par la racaille qui squattait le Forum. Il n'en avait pas peur, au contraire. Au point d'exaspération où il en était, il espérait presque le conflit. Mais déchirer ses vêtements ou les dégueulasser, tout ça pour leur enfoncer dans le crâne un message qui de toute façon n'y resterait pas... Il les attirait en plus, aussi sûrement qu'un morceau de viande attire les mouches.

N'était-il pas le plus exaspérant cliché de réussite ? Son petit contrat de cent quarante mille euros, sa petite Porsche, son petit loft. Son petit home-cinema Sony. Sa petite cuisine Boffi. Son petit frigo américain dans lequel ne s'alignaient toujours que des bouteilles d'Evian d'un litre, des filets d'oranges à presser pour sa vodka et des boîtes de caviar de tomates à l'ail. Sans oublier un énorme morceau de parmesan et du basilic enveloppé dans un torchon mouillé. Et son allure : des cheveux souvent en bataille et une barbe naissante, mais jamais sale, des vêtements souvent débraillés mais jamais négligés. Et sa petite casquette bleu marine qu'il mettait pour faire de la route, se prenant pour Steve McQueen aux commandes de son planeur dans *L'Affaire Thomas Crown*. Son petit blouson de cuir vintage que tout le monde cherchait aux puces sans jamais le trouver. L'exemple type du mec qu'on a envie de choper dans un coin pour le dérouiller jusqu'à ce qu'il ne soit plus rien. Sauf qu'il avait bossé pour ça, et pas qu'un peu bordel. Mais ce qu'il avait surtout, et que tous ces mecs qui traînaient n'auraient jamais quoi qu'ils deviennent, c'était la curiosité de la vie. Et qu'on ne vienne pas lui dire que c'était une question d'éducation, car la sienne, il se l'était faite tout seul. Sa vieille Jeanne l'avait certes protégé, mais personne n'avait guidé ses choix dans la bibliothèque de l'orphelinat. Personne ne lui avait dit d'ouvrir un atlas pour regarder où se trouvent les différents pays. Personne ne lui avait suggéré de chercher dans un manuel de physique pourquoi la Terre tourne autour du Soleil. Et personne ne l'avait dirigé vers les BD ou les comics. Est-ce que ces mecs savaient, par exemple, que si Spider-Man est si classe, c'est parce que les araignées dont il est inspiré sont dotées d'une rare intelligence ? Leurs toiles sont prodigieuses, des chefs-d'œuvre d'architecture, géométriques, précis, et solides en plus, même s'il nous suffit d'un balayage de la main pour les détruire. Et quelle ingéniosité : la pieuvre se camoufle, la lionne rabat puis attaque, le charognard profite, mais l'araignée tend des pièges ! Une bête aussi microscopique capable de stratégie, ça force le respect, non ? Ben pas pour ces mecs-là. Tout ce qui les épate, c'est le type qui roule en grosse BMW avec une pétasse super chaude à côté. Le rappeur, quoi (et après on se demande pourquoi BMW a tant de mal à redresser son image depuis quelques années...). Mais ils oublient que le rappeur, même s'il a peut-être commencé en vendant du crack, maintenant qu'il a un label qui aligne de quoi payer son palace super kitch, au moins il TRAVAILLE. Eux, qu'est-ce qu'ils font ? Ils passent leurs journées dans des salles de sport, mais pas d'histoire d'hygiène mentale là-dessous, c'est juste pour mieux péter la gueule du voisin. Putain, c'était pas eux qui continueraient d'apprendre le japonais pour le plaisir après avoir quitté le pays...

Place Saint-Michel, il prit à droite pour rattraper Odéon. Maintenant il avait envie de passer chez Arkham, rue Soufflot, le magasin de comics qui vendait des vieux *Spider-Man*. Il s'engagea dans la rue Monsieur-le-Prince, quand il remarqua un restaurant japonais sur sa droite. Puis un autre. Et encore un autre. Il y en avait partout ! Il vit une Punto libérer une place et décida que c'était un signe.

Une fois garé, il ne sut pas quel restaurant choisir. Il avait beau aller des uns aux autres et regarder à travers les vitres, tous semblaient similaires. Il finit par opter pour le plus grand – autant plonger vraiment au cœur de l'ambiance – et il entra sans même jeter un œil au menu extérieur, certain que de toute façon il ne toucherait pas à ce qu'il commanderait. Il voulait s'asseoir un moment, c'est tout.

À peine eut-il poussé la porte qu'une jeune Asiatique s'avança et lui fit signe de la suivre. La vaste salle avait beau être bondée, elle ne résonnait pas comme un réfectoire, le murmure était à peine perceptible. La fille lui désigna une table coincée entre deux autres occupées. Partout les gens étaient attablés par deux et il fut un peu gêné de prendre place tout seul. Le temps qu'il retire son blouson, la fille revenait avec la carte. En l'ouvrant il eut un choc : des photos montraient toutes sortes de brochettes de volaille, alors qu'il avait toujours cru que les Japonais ne mangeaient que du poisson cru. C'était aussi la première fois qu'il voyait des brochettes aussi petites, à peine trois ou quatre morceaux de viande. Il parcourut la liste des divers menus, puis entendant quelqu'un commander en donnant un numéro, il fit de même quand la fille revint. Il opta pour deux brochettes de « boulettes » de poulet, une de canard et une de caille, accompagnées de riz blanc.

La première chose qu'on lui apporta très vite et qu'il n'avait pas commandée fut un bol de salade. Du choux blanc haché avec une rondelle de concombre, un quartier de tomate et quelques râpures de carotte. Il jeta un œil alentour et constata que tout le monde avait le même bol. Les baguettes n'étaient pas comme celles qu'il avait l'habitude de voir quand il sortait avec Élisabeth, elles étaient en bois et soudées l'une à l'autre. Voyant son voisin les séparer d'un coup sec, il fit de même, puis entreprit de les positionner entre ses doigts. Il n'était pas très doué mais n'osait jamais réclamer une fourchette. Il commença lentement, se méfiant du chou dont il ne raffolait pas, et fut surpris par le goût frais et simple. Tout en mangeant il regardait discrètement autour de lui. Il n'y avait pas un seul Asiatique dans la salle, mais tous ces gens tenaient leurs baguettes comme s'ils avaient fait ça toute leur vie. La décoration de l'endroit n'avait rien de « folklorique » comparé à Belleville l'autre soir : les tables étaient de simples carrés noirs de contreplaqué, avec des chaises toutes bêtes de même couleur, le sol était recouvert d'un banal lino à damiers gris et noir, et les murs blancs sans aucun tableau. Mais l'ensemble était agencé dans un alignement parfait, et sans qu'il sût pourquoi, il fut certain que cette rigueur, cette élégante sobriété du noir opposé au blanc étaient des signes typiquement japonais.

Un autre bol qu'il n'avait pas commandé fut déposé devant lui, une sorte de bouillon transparent à la surface duquel flottaient des morceaux de champignons. Les autres tables en avaient aussi. Il hésita, se demandant quel goût ça pouvait bien avoir, puis imitant ses voisins de table qui buvaient en tenant leur bol à deux mains, il le porta à sa bouche. Une fois encore il fut surpris : c'était très agréable. Il vit ses voisins reprendre leurs baguettes pour attraper les bouts de champignons, mais lui se contenta de les laisser venir à sa bouche. On déposa alors les brochettes devant lui et cette fois le serveur était un homme. Les autres tables aussi étaient servies par plusieurs personnes différentes, et ça lui parut diablement efficace : chaque serveur affilié à une catégorie de plat plutôt qu'à une table, ça faisait perdre bien moins de temps. Sous ses yeux, il y avait maintenant une petite assiette rectangulaire, sans aucun dessin dessus et pourtant magnifique. Mais avec deux brochettes au lieu de quatre. Suivant du regard plusieurs serveurs, il en déduisit que les aliments étaient apportés au fur et à mesure pour ne pas refroidir. Imitant encore ses voisins, il se servit des baguettes pour faire glisser les boulettes de la tige de bois, puis il parvint à pincer la première et à la tenir jusqu'à ce qu'elle atteigne sa bouche. À ce stade il n'était plus surpris, il était fasciné. Jamais il n'avait mangé d'aussi bonnes brochettes, et de poulet sous forme de boulettes. Suivirent deux autres brochettes identiques, et il crut d'abord qu'il y avait erreur, puis il y comprit qu'elles venaient toutes par paires. En tout, il allait donc en avoir huit ! Qu'importe, il dévora celles-ci, puis parcourut la salle du regard, impatient de voir son serveur revenir avec la suite.

C'était simple comme bonjour : chaque jour des gens venaient par centaines dans des endroits comme celui-ci, et le temps d'un repas, ils plongeaient dans une tout autre culture, retournant ensuite vers leurs bureaux avec le sentiment de s'être un peu évadés. Il ferait désormais pareil, même si ça impliquait à chaque fois de traverser la ville. Il avait hâte de se retrouver en face d'elle, bon sang... hâte de lui dire que son pays, c'était quand elle voulait !

***

Dès que son addition fut réglée, il se rua dehors pour appeler Élisabeth. Elle ne comprit d'abord rien à ce qu'il disait, puis passé la surprise, en deux phrases elle fit retomber son enthousiasme : « Les yakitori sont des attrape-touristes, les Japonais mangent parfois des brochettes mais ça n'a rien à voir avec leur cuisine traditionnelle. » Puis comprenant à son silence qu'elle venait de lui asséner un coup, elle proposa que le soir même, dans le cadre de leur rituel hebdomadaire, elle l'emmène dans un vrai restaurant japonais. Il ne se fit pas prier pour accepter et ajouta qu'il aurait quelque chose d'important à lui raconter.

Tandis qu'il roulait vers les Halles, il promenait son regard sur les trottoirs par ce beau temps. Même s'il avait pris plaisir à déjeuner dans ce restaurant noir de monde, il ne comprenait pas tous ces gens qui évoluent constamment les uns sur les autres sans que ça semble les déranger. Était-il donc le seul à avoir un problème avec la promiscuité ? Dans les métros, les bus, les avions ; dans les grands magasins, les salons, les musées ; à la piscine, à la montagne, au bord de la mer – tous entassés, partout, tout le temps. Tout le monde n'a pas la chance de pouvoir aller au cinéma en plein après-midi ou de prendre ses vacances hors saison, mais comment font les gens ? Sont-ils tous à ce point sur pilote automatique, ou constatent-ils toutes ces choses, comme lui, mais sans pouvoir s'en abstraire ? Ce qui le fascinait le plus, c'était ceux qui faisaient vraiment comme si les autres n'existaient pas. Ceux qui forçaient le passage pour entrer dans un magasin bondé plutôt que de vous laisser d'abord en ressortir. Ou ceux qui poussaient pour monter dans un métro ou un bus plein à craquer, au lieu d'attendre le suivant pour vous laisser respirer. Étaient-ils totalement égoïstes, ou juste simples d'esprit ? C'était la grande question qu'il se posait à longueur de temps : est-ce que les gens se rendent compte de ce qu'ils *font* ? Elle, elle devait être dans le respect en permanence. Ça se voyait dès qu'elle ouvrait la bouche, tout en nuance et en réserve, pas un mot de trop...

Une fois dans le souterrain, il prit la direction du parking, puis après s'être assuré que la voiture était visible depuis la cabine du gardien, il grimpa l'escalier quatre à quatre pour gagner les allées du Forum. En repérant une bande de racailles au pied d'un Escalator, il songea qu'il avait intérêt à ne pas trop soutenir leurs regards s'il ne voulait pas rater le film, mais pour une fois aucun ne le remarqua.

Il prit son billet au guichet désert, se dirigea vers l'espace qui vendait du pop-corn, et ce qu'il vit le stupéfia : la fille qui se tenait derrière la cuve était en train d'y verser un énorme sac de pop-corn déjà fait. Il commença par penser qu'elle remettait ce qui datait de la veille, mais non, les parois transparentes de la cuve étaient impeccables. Voilà pourquoi, la dernière fois, il avait trouvé le pop-corn moins bon qu'avant. Maintenant, ils se contentent de l'acheter en quantité industrielle tout en continuant de le mettre dans la cuve pour vous faire croire que c'est toujours artisanal... Il décida de s'en passer. La salle encore éclairée ne comptait pas plus d'une dizaine de personnes éparpillées. Ça le soulagea, et en même temps il trouva blessant que tout le monde ne se précipite pas pour voir ce film. Finalement il regrettait de ne pas être venu la veille, à la première séance du soir, pour être témoin des réactions dans la salle. En prenant place, il se demanda si Mathieu avait enfin répondu à son e-mail. Il lui avait aussi laissé un message au réveil. Il sortit son portable pour lui envoyer un texto, mais évidemment ça ne captait pas.

***

Le Naniwa-ya, rue Sainte-Anne, n'avait rien à voir avec aucun des restaurants asiatiques qu'il connaissait, et surtout pas celui du déjeuner. C'était le plus petit qu'il ait jamais vu, à peine une vingtaine de couverts en plus de la demi-douzaine du comptoir. Derrière ce comptoir où ils s'étaient installés, l'espace n'était pas non plus occupé par un bar mais par une cuisine, minuscule et ouverte sur la salle. Le chef et ses deux assistants étaient d'ailleurs si près qu'ils auraient pu les toucher. Quant à la décoration, elle faisait voler en éclat l'idée qu'il s'était faite au déjeuner. Hormis le *maneki-neko* qui trônait près de l'entrée – beaucoup plus beau que le premier remarqué à Belleville, avec un corps rouge et blanc qui évoquait une tirelire géante pour enfants –, le reste était tout ce qu'il y avait de banal. Des tables en bois naturel limite plastique, des murs jaunis, des dalles d'isolation au plafond comme dans les bureaux et des néons violents. Pas laid, juste banal, le genre d'endroit où on ne reste que le temps d'avaler son plat. Élisabeth avait bien précisé qu'il se trouvait devant ce que la tradition japonaise avait de plus populaire, et donc de plus fidèle, mais il était déçu... Ce qu'il avait aimé au déjeuner c'était l'aspect design et « discipliné ». Ici l'ambiance était tout autre. La vaisselle n'était pas noire et laquée mais constituée de poteries dépareillées. Les conversations étaient amplifiées par les bruits de cuisson et le ronflement de la hotte aspirante. Quant à la « discipline », entre les gens qui entraient sans cesse demander s'il restait de la place, et ceux qui se relevaient pour se resservir de thé à un bidon placé près de l'entrée, le va-et-vient était constant. En temps normal il aurait trouvé l'ensemble dépaysant, mais là il n'y parvenait pas.

Ce qui lui plut, toutefois, fut le chef qui hurlait quelque chose en japonais à chaque nouvel arrivant. Il leur souhaitait la bienvenue, lui glissa Élisabeth, car tous les Asiatiques présents étaient japonais. Pour lui, les Asiatiques se ressemblaient avec leur absence de pli de paupière, mais Élisabeth précisa qu'avec l'habitude on finissait par les différencier. Les Japonaises ont la peau plus blanche que les autres. Leur nez est droit au lieu d'être écrasé. Elles ont presque toujours des grandes dents, c'est pourquoi elles mettent leurs mains devant leur bouche quand elles rient. Leur attitude est aussi plus discrète que les autres, plus réservée, plus « éduquée » si on peut dire. Elles sont aussi plutôt petites, avec des membres potelés et des genoux un peu en dedans. Il grimaça, mais elle fit signe que si, c'était comme ça. Il songea alors que Junko avait un nez « écrasé », des dents tout à fait normales et qu'elle était carrément grande, puis il se souvint que son père était américain.

En parcourant le menu, il ne parvint pas à cacher son angoisse à la lecture de mots comme « poulpe », « algues » et « pâte de riz ». Pas de brochettes, il était prévenu. Mais Élisabeth mit fin à son supplice en lui désignant un poulet frit. Il ouvrit des yeux ronds en l'entendant commander en japonais. Il fut également sidéré de la voir prendre quatre plats. Elle lui expliqua qu'il ne s'agissait que d'entrées jamais copieuses pour permettre de satisfaire plusieurs envies. Et depuis quand parlait-elle japonais ? Elle haussa les épaules : il se moquait d'elle ou quoi ? Loin dans sa mémoire, il se souvint alors qu'elle s'était rendue au Japon à plusieurs reprises, elle avait dû à chaque fois lui raconter sans qu'il écoute vraiment.

Toutes les voix autour d'eux étaient donc japonaises... À l'exception du chef qui continuait de hurler, ce débit qu'il entendait pour la première fois en vrai était très loin de l'idée qu'il en avait gardée en voyant des mangas. Les femmes et les hommes ne parlaient pas de la même façon : le phrasé des premières coulait comme un murmure, tandis que celui des seconds était un peu plus tranché, mais les intonations restaient égales, pas d'explosions d'onomatopées comme dans son souvenir. Tout comme à Belleville l'autre soir, même si la nourriture n'avait pas l'air faite pour être mangée, les gens semblaient réellement heureux d'avoir ça dans leurs assiettes. Les compositions étaient d'ailleurs superbes : des trucs verts très verts, des trucs blancs très blancs, le tout arrosé de délicats filets de sauces brunes serpentant comme des petits chemins dans la nature.

On apporta la première entrée d'Élisabeth, et comme son poulet à lui ne viendrait sans doute que plus tard, il jugea le moment propice. Il lui demanda s'il pouvait fumer pendant qu'elle mangeait, et il entreprit de lui raconter...

À l'extérieur, une queue se formait sur le trottoir. Devant eux, les cuisiniers continuaient de remuer, couper, désosser. Les plats se succédaient devant Élisabeth et son poulet à lui refroidissait sous ses yeux, mais il poursuivait. Il décrivait les heures passées sur Internet. Ses diverses tentatives pour arrêter ses recherches. Tout ce qu'il essayait de respecter afin que cette fois, ce soit différent. Il lui raconta le film dans le détail, même s'il voyait à son sourire qu'elle connaissait l'histoire par cœur. Il lui dit à quel point elle jouait bien, tellement bien qu'il était resté pour la séance d'après. Élisabeth le laissa parler sans l'interrompre, sans même balayer de la main la fumée des cigarettes qu'il allumait à la chaîne et qui venait régulièrement dans ses yeux. Il s'efforçait de rester rationnel, de ne pas partir dans des délires à n'en plus finir comme pour toutes celles d'avant. Il faisait aussi appel à toute sa lucidité pour montrer qu'il se rendait compte de ce que la situation avait d'aberrant. Enfin, quand il eut le sentiment d'avoir dit l'essentiel, il s'arrêta, pour ne pas lui rappeler les autres fois où il l'avait saoulée pendant des heures.

Il s'attendait à ce qu'elle lui fasse sa réponse habituelle, comme quoi tomber amoureux de quelqu'un à qui on n'a jamais parlé n'a aucun sens. Mais à son grand étonnement, son commentaire fut tout autre :

« Ça ne m'est jamais arrivé, mais je crois que les liens entre les gens qui ne se connaissent pas encore existent, et il se pourrait que cette fois tu aies mis le doigt dessus. »

Il aurait pu la soulever dans les airs et la faire tourner ! Mais il contint sa joie, et tandis qu'il s'apprêtait à lui demander de lui raconter à nouveau ses voyages, elle se lança d'elle-même. Tout là-bas est stupéfiant : sur les trottoirs de toutes les villes, sur les quais de métro mais aussi de gares, partout où on marche, le sol est toujours bordé de bandes de caoutchouc pour diriger les cannes des aveugles. Quand un train arrive à son terminus, avant de repartir dans l'autre sens, les dossiers des sièges s'inversent automatiquement pour que les voyageurs suivants soient toujours assis dans le sens de la marche. Quand il pleut, tous les magasins sortent des machines dans lesquelles on glisse son parapluie, afin qu'il soit recouvert d'un plastique pour ensuite ne pas goutter à l'intérieur. Une des plus belles choses qu'Élisabeth ait vue, c'était les immenses panneaux recouverts de vœux aux entrées des temples. On écrivait le sien sur un petit rectangle de bois, on le suspendait par une ficelle à un crochet, et il restait là parmi des milliers d'autres, jusqu'à ce que le vœu se réalise et qu'on revienne le retirer. Et pour avoir une idée de la façon dont le reste du monde percevait de travers les Japonais, il suffisait de se dire que s'ils portaient parfois des masques, ce n'était pas par crainte des microbes, mais au contraire pour ne pas contaminer les autres avec les leurs.

Le portable d'Élisabeth sonna, elle regarda qui c'était et s'excusa. Elle sortit, il se demanda un instant si elle avait de nouveau quelqu'un dans sa vie, puis il sortit son propre portable. Pas de message de Mathieu. Il interrogea son répondeur chez lui, rien non plus. Il tapa « rappelle-moi bordel » et envoya le texto. Quand Élisabeth revint, elle annonça qu'elle était fatiguée et que ses chiens devaient manger, mais s'il voulait, il pouvait venir chez elle regarder ses livres sur le Japon.

***

L'appartement d'Élisabeth était typique des vieux appartements du XVIe. Immense mais mal foutu, mal desservi avec des couloirs qui faisaient des détours pas croyables d'une pièce à l'autre. La décoration était un mélange hétéroclite des anciens meubles des parents d'Élisabeth, auxquels venaient sans cesse s'ajouter ses dernières créations. Le salon, d'une bonne centaine de mètres carrés avec des grandes portes-fenêtres sur le jardin, était aussi chargé que le sien était dépouillé. Plusieurs canapés, plusieurs fauteuils et des tas de tables recouvertes de piles de magazines, de catalogues d'expos, de lampes et de bibelots de toutes sortes. Sur le parquet, des vieux tapis persans se chevauchaient, faisant des gros plis dans lesquels les pieds des fauteuils se prenaient quand on les bougeait. Beaucoup de lithos encadrées sur les murs, sauf un occupé par un ensemble d'étagères jusqu'au plafond, semblable à celui qu'Élisabeth avait fabriqué pour chez lui, mais cette fois en merisier, avec un nombre considérable de livres aussi bien à la verticale qu'à l'horizontale.

Élisabeth alluma une petite lampe recourbée sur le bras d'un canapé, elle s'approcha des étagères et désigna celle qui contenait les livres sur le Japon. Il la regarda faire rentrer les chiens, puis il pencha la tête et parcourut les tranches des livres.

Le premier qu'il ouvrit, installé dans le canapé, était consacré au thé et comportait essentiellement du texte. Les rares photos en noir et blanc montraient tour à tour de l'eau bouillante qu'on versait dans un bol, un chaudron de fonte d'où s'échappait une mince volute, ou une paire de tongs en paille disposées sur le sol. Les objets étaient magnifiquement mis en valeur, dans une pénombre où l'alternance de zones floues faisait ressortir les matières. Mais il était trop impatient pour se plonger dans un long texte sur les origines de la pratique du thé. Il le mit donc de côté et s'empara du livre suivant, consacré à l'art de vivre.

Dès les premières pages, il tomba en arrêt. Il connaissait comme tout le monde la tendance « japonisante » qui sévissait depuis au moins cinq ans, mais ce qu'il avait sous les yeux n'avait rien à voir avec les coffres en bambou d'Habitat !

La première double page montrait des vitrines et des

intérieurs d'échoppes. Étalages de couteaux étincelants ou éventails de baguettes, chaque assemblage était composé avec un soin esthétique qu'il n'avait encore jamais vu... À la page suivante, c'était des gros plans sur des petits gâteaux appelés « bonbons » et qui ressemblaient à des jouets, à ces moules que les gamins remplissent de sable sur les plages ! Ils se déclinaient dans toutes les couleurs, orange, bleus, roses, jaunes, verts, mais ce qui frappait le plus, là encore, était le soin apporté aux présentations : certains étaient alignés dans des petits coffrets de bois vernis, si beaux qu'on devait les garder une fois vides ; d'autres étaient disposés à la pièce sur des carrés de paille ou de minuscules assiettes, leurs arêtes strictement parallèles aux bords des supports. La page d'après montrait des légumes, eux aussi présentés dans des coffrets ! Ciboule, oignons blancs avec leurs tiges, racines de gingembre – chaque variété était impeccablement alignée sur une feuille de papier de soie. Qui prendrait soin, ici, de présenter ses légumes comme ça... ?

Il vit des téléphones publics d'un rouge, d'un jaune ou d'un vert éclatants ! Des distributeurs de toutes les couleurs qui proposaient de tout : boissons, cigarettes, piles, glaces, magazines, chaque chose déclinée dans une quinzaine de marques différentes ! Et la légende commune à ces photos de dire qu'on pouvait en voir tous les cent cinquante mètres sur les artères principales des grandes villes. Non seulement ça devait être génial de trouver tout ce qu'on voulait dès qu'on le voulait, mais ces explosions de couleurs, c'était ce qu'il manquait partout ailleurs dans les paysages urbains... Les structures métalliques des distributeurs, les logos des marques étaient bariolés de dessins comme si on s'était trouvé à l'intérieur d'un flipper géant ! Pareil pour les allées des supermarchés : les étiquettes des produits étaient si imagées qu'on aurait dit des jouets ! N'y tenant plus, il se leva pour aller montrer ça à Élisabeth, qui sourit l'air de dire qu'il n'avait encore rien vu. Il fallait qu'il fasse une pause, qu'il fume une cigarette, c'était trop d'un coup.

Par respect pour elle il ne fumait jamais dans l'appartement. Été comme hiver il sortait dans le jardin, puis ensuite, au lieu de vider directement le cendrier dans la poubelle, il isolait d'abord son contenu dans un sac plastique. Au début, il avait cru qu'elle plaisantait quand elle lui avait demandé de faire ça. Puis une fois, elle lui avait fait sentir la poubelle après l'avoir vidée, et il avait dû reconnaître que l'odeur imprégnait le plastique en un rien de temps. Il sortit donc par une des portes-fenêtres et s'assit sur les marches qui descendaient vers la pelouse. Mais il était incapable de fumer tranquillement, impatient de retourner vers le livre. Si bien qu'il tira rapidement quelques taffes et rentra. En se réinstallant et en reposant les yeux sur les distributeurs de toutes les couleurs, il leva de nouveau la tête vers Élisabeth, qui lui fit signe de poursuivre.

Il prit d'abord soin de revenir à la préface et découvrit les choses suivantes : La vie privée est tellement sacrée pour les Japonais, que leurs villes sont construites comme des labyrinthes pour dissuader les intrus. À Tokyo par exemple, seules les cinq avenues principales ont des noms, pour le reste il faut se référer aux appellations des quartiers. Mais les habitations ne portent pas de numéro. Les Japonais eux-mêmes ne peuvent se rendre quelque part sans s'être auparavant renseigné sur l'itinéraire. Il lut que les trois éléments fondamentaux de leur culture sont la simplicité, le fonctionnalisme et le minimalisme, car ils ont appris à gérer au mieux la petite taille de leur pays. Mais ils privilégient aussi toujours l'esthétisme parce que pour eux, même les objets sont *vivants*... Et les pages qui allaient suivre étaient sur le point de lui causer un choc incroyable.

Il vit des maisons anciennes faites de pierres, de bois cirés et de toits de chaume. Des intérieurs aux cloisons coulissantes, aux plinthes d'argile et aux sols de sisal. Des cours foisonnantes de bambous, de jarres en terre cuite et de lanternes en pierre. Puis il vit des immeubles gigantesques coulés dans le béton, l'acier et le verre armé. Des espaces insensés de plusieurs dizaines de mètres sous plafond. Des passerelles de métal, des postes de télé encastrés et des cadrans indiquant la température aussi bien au dehors qu'au dedans. Il vit des piscines intérieures qui épousaient la forme des lieux, allant jusqu'à tourner pour suivre un couloir. Il vit une pièce immense entièrement vide, à l'exception d'un plat carré posé au sol, que venait trancher un rayon de lumière naturelle descendant d'une ouverture dans le plafond faite exprès pour ça. Il vit des salles de bains anciennes tapissées de bois, et des modernes intégralement carrelées de granit... le même genre que chez lui. Il vit des petites cuisines biscornues où étaient suspendus des ustensiles de bois semblant dater de plusieurs siècles, et d'autres hi-tech avec des plans de travail encore en granit. Il vit des sols recouverts de tatamis – épaisses nattes de paille sur lesquels on déroulaient les futons pour dormir – et d'autres de granit, encore et toujours... Il remarqua qu'il n'y avait quasiment jamais de surplus d'objets. Au mieux un fruit dans un bol, une pierre sur un plateau laqué, un marque-page posé sur un livre. Des natures mortes, encore une fois, composées avec un rare souci esthétique, même dans les logements les plus modestes...

Puis il vit les mangas... Des intérieurs de wagons de métro remplis de gens tenant des mangas. Tous ! Même les hommes d'affaires en costume ! À l'inverse de ce qu'il avait toujours cru, le terme « manga » ne désigne pas un genre de bande dessinée en particulier, mais la bande dessinée japonaise en général. Là-bas, tous les enfants grandissent avec des mangas qu'ils lisent ou regardent à la télé, puis plus tard, ils se tournent simplement vers d'autres plus évolués. Ça faisait vraiment bizarre de voir tous ces gens qui tenaient d'une main la poignée de soutien et d'une autre un manga. Mais à ce stade, plus rien ne le surprenait. Si les adultes buvaient des sodas avec des dessins de toutes les couleurs, ils pouvaient bien lire des mangas ! Voilà pourquoi les Japonais ont toujours l'air mort de rire : parce qu'ils évoluent dans un monumental terrain de jeu...

5

Il y a quelque chose d'assez jouissif à dormir chez autrui de temps à autre. On se retrouve allongé là, généralement sur un canapé-lit de salon, et tout ce qu'on a à faire en attendant que le sommeil vienne, c'est promener son regard sur ce qui nous entoure dans la pénombre. Que les objets soient inconnus ou familiers, on ne s'endort jamais tout de suite, troublé par les bruits inhabituels qu'on perçoit ; puis une fois qu'on se sent sombrer, on le fait sans penser à rien, sans se demander si on a bien fermé le gaz ou la porte d'entrée. Et le lendemain, quand on se réveille, on n'a rien d'autre à faire non plus que de redécouvrir le décor dans lequel on s'est abandonné. On s'étire, on se rhabille, on remet en ordre ce qu'on a dérangé, on attend de voir si l'autre se réveille. Puis il arrive un moment où on sent qu'on n'a plus rien à faire là, où on a envie de retrouver son chez-soi, et on ressort alors au grand jour, un peu étourdi d'émerger dans un quartier qui n'est pas le nôtre, mais totalement revigoré d'avoir mis sa vie sur pause l'espace d'une nuit.

C'est dans cet état d'esprit déphasé mais serein qu'il reprit place dans sa voiture. Avant de démarrer, il sortit de sa poche la liste des magasins relevés dans un des livres. Il avait l'intention d'aller en voir une partie avant de rentrer, il n'avait juste pas prévu qu'il se réveillerait à huit heures du matin. Desquels se rapprocher pour prendre un petit déjeuner en attendant qu'ils ouvrent ? Il y avait la Maison de la culture du Japon, quai Branly, à deux pas d'ici, où d'après Élisabeth il trouverait un grand choix de bols et de plateaux. La Compagnie Française de l'Orient et de la Chine, boulevard Saint-Germain, où le choix serait encore plus vaste. Junkudo, une librairie rue des Pyramides, s'il voulait acheter des livres, et Bunkado, une autre rue Saint-Augustin. Kioko, une épicerie rue des Petits-Champs, bien qu'Élisabeth n'ait pas vu l'intérêt pour lui... La liste comportait comme ça une demi-douzaine d'adresses, et plusieurs spécialistes de thé indiqués par Élisabeth.

Il ne savait pas très bien ce qu'il voulait acheter. Sans doute deux plateaux laqués, une théière, deux tasses, deux bols et deux paires de baguettes. Ça avait laissé Élisabeth sceptique, car selon elle, le seul intérêt d'avoir de la vaisselle japonaise est de manger japonais dedans. Mais ce qu'il avait vu était si beau qu'il voulait rapporter ça chez lui. Il voulait reconstituer ces photos si parfaites. Il aurait surtout aimé trouver les bonbons et les légumes, mais ça, Élisabeth lui avait hélas assuré qu'il n'en verrait nulle part. Au mieux, il pourrait déambuler devant les cageots de patates douces et de gingembre des Chinois de Belleville, mais ce ne serait pas pareil. Il s'était alors brusquement rendu compte que son quartier fourmillait d'Asiatiques, mais là aussi, Élisabeth l'avait calmé en lui disant qu'il y avait de tout sauf des Japonais...

Il mit la BO de *Virgin Suicides* puis démarra. Il allait commencer par la Maison de la culture, la seule adresse pour laquelle il n'y avait pas de numéro de téléphone et où les horaires seraient sans doute affichés. Il se demandait dans quel genre d'intérieur elle habitait, avec quel genre de meubles ? Il était sidéré de n'avoir jamais réalisé jusque-là que Sony, sa préférence de toujours, était une marque japonaise... De même qu'il ne se remettait pas de tout ce granit vu au fil des pages...

Le feu repassa au vert et il prit à droite en direction des berges. Tout ce qu'il avait découvert se télescopait dans sa tête. Ce qui le travaillait le plus, c'était qu'un pays puisse être fait de tant de paradoxes. Il avait parlé jusque tard avec Élisabeth, et ce qu'il avait appris l'avait vraiment dérouté. À commencer par le rôle de la femme là-bas. Le pays n'est pas tenu par les hommes mais par les femmes. On s'imagine toujours la femme japonaise comme la pauvre épouse soumise, alors que pas du tout. On croit que la société lui interdit de travailler, alors que s'occuper de sa maison, de son mari et de ses enfants *est* son travail et elle en est fière. Et puis elle ne vit pas de ce que celui-ci veut bien lui donner, en fait c'est elle qui tient le portefeuille : le mari travaille chaque jour pour lui offrir tout ce qu'il peut, il lui confie son salaire, et ensuite c'est elle qui décide de combien d'« argent de poche » il a besoin ! À côté de ça, la vie de l'homme japonais est servie par les femmes d'un bout à l'autre : enfant, il est couvé par sa mère, puis le jour où il la quitte, c'est pour épouser une femme qui prendra sa place et le couvera elle aussi jusqu'au bout...

Quand il avait demandé à Élisabeth pourquoi elle lui

racontait tout ça, elle avait répondu qu'il lui serait utile de savoir comment elle avait été élevée. Si avoir un père américain n'avait pas empêché sa mère de lui inculquer les principes de la future bonne épouse japonaise, comme les mères là-bas sont conditionnées pour le faire, il aurait alors beaucoup de mal à s'entendre avec elle. Le gouffre entre les deux cultures ne serait pas franchissable. Élisabeth avait avoué se poser quand même des questions sur ses motivations. S'il était juste excité à l'idée de se taper une Asiatique, il avait tort de choisir une Japonaise et de chercher à tout comprendre de son pays. Non seulement il n'aurait pas assez d'une vie pour ça, mais il se rendrait vite compte que ce n'était pas ce qu'il croyait. Il avait alors répondu que non, il n'était pas en quête d'une « petite pute thaï », il était bel et bien en train de craquer pour ce pays. Si elle avait été indienne ou polonaise, il se serait penché sur la chose de la même manière. Restait qu'il avait visiblement toujours eu un faible pour le Japon : son matériel Sony, le granit dans sa salle de bains, le minimalisme en général de son intérieur – tout cela ne le prouvait-il pas ?

Il arrivait en vue des berges quand son portable sonna sur le chargeur. C'était Mathieu.

« Putain, c'est pas trop tôt ! Quoi ? Oh putain... » Il fouilla dans la boîte à gants à la recherche d'un stylo et d'un papier. Il ne trouva pas de papier et arracha la dernière page du carnet d'entretien de la voiture. « Oui, oui, je note. Jusqu'à quand, tu sais ? OK, euh attends, c'est quoi comme genre de tournage ? » Mais Mathieu qui était pressé avait déjà raccroché.

Ça y est. C'était maintenant. Et c'était juste à côté.

Dans le parc André-Citroën. Sauf qu'il n'était pas prêt. Pas prêt du tout. Même s'il attendait cet instant depuis des jours, il était moins préparé que jamais. Pas coiffé, pas rasé, encore dans ses vêtements de la veille. Et puis il allait dire quoi ? Il n'y avait même pas réfléchi... Dans ces cas-là, on n'a pas trente-six opportunités, on en a une et puis c'est tout. Bordel. Il allait falloir y aller comme ça. Ce n'était tout de même pas un hasard s'il se trouvait à deux pas. En retournant chez lui pour se changer et prendre le temps d'échafauder quelque chose, il romprait l'ordre naturel des choses... Bon sang, mais qu'est-ce qu'il allait lui dire ?

***

Il espérait presque ne pas trouver de place pour se garer. Mais il eut droit à la perfection. Juste à l'entrée du parc, entre une Jaguar Type E et une Mercedes Classe S : aucun risque que leurs propriétaires s'amusent à lui enfoncer un pare-chocs en ressortant. Si ça ce n'était pas un signe, alors quoi ? Le moteur coupé, il restait assis là, pétrifié. Son tee-shirt bleu marine et son jean empestaient le graillon du restau de la veille. Ses joues grisonnaient sans pour autant donner un début de barbe sexy. Quant à ses cheveux, ils étaient hirsutes après la nuit, et si en temps normal il aurait adoré parce qu'il n'y parvenait jamais avec du gel, là il avait des épis trop prononcés pour que ça passe. Il ne pouvait pas y aller comme ça. Pourtant il le fallait. Lui qui avait toujours évité ce genre de situation, qui était finalement toujours resté passif, cette fois il fallait qu'il se jette à l'eau. Sinon à quoi bon se faire croire que c'était possible ? Comment prétendre mériter la rencontre s'il n'était même pas capable de s'y présenter ? Il avait envie de tout laisser tomber. Rentrer chez lui, se débarrasser de tout ce qui la concernait et oublier. Il essayait de se souvenir quand, pour la dernière fois, il avait eu peur à ce point. Apparemment jamais. Même lors de ses premiers rendez-vous de boulot, il n'avait pas été paralysé de la sorte. Jamais d'angoisse à l'idée de ne pas décrocher le job, tout juste de l'appréhension de devoir bosser sur place au lieu de chez lui.

Il fallait qu'il descende de cette foutue bagnole, et qu'il entre dans ce parc. Après il serait temps d'aviser. Inutile de se torturer, il ne savait même pas à quoi le tournage ressemblerait. De là où il se trouvait, il pouvait voir que l'entrée n'était pas barrée, les gens allaient et venaient comme n'importe quel autre jour. Il fallait arrêter de penser et y aller, c'est tout. Et c'est ce qu'il fit, avec les jambes devenues molles comme du coton, la gorge sèche, le cœur bondissant et une envie de vomir à couper au couteau.

Les quelques promeneurs matinaux déambulaient tranquillement et il aurait voulu être comme eux. Là pour l'architecture exceptionnelle de l'endroit, et non pour une fille trop bien pour lui. Il devait avoir l'air d'un *mass murderer* à avancer comme ça au hasard, hagard. Il pouvait sentir ses yeux sortir de ses orbites tellement il redoutait de tomber nez à nez avec elle. Il cherchait surtout où se cacher pour vomir si vraiment il en arrivait là. Il essayait de distinguer où ça pouvait bien avoir lieu mais il ne voyait rien. Il avait envie de rappeler Mathieu au cas où il aurait mal compris. C'est alors qu'au détour d'une allée il vit l'attroupement. Une cinquantaine de badauds agglutinés contre des barrières. Et de l'autre côté, des gens affairés entre des tas de camions. Au-delà s'étendait une allée entièrement vide avec deux silhouettes vers le milieu. Une de ces allées bordées d'un large ruban d'eau, comme on en trouve un peu partout dans le parc. L'équipe du réalisateur était positionnée pile en face, et les deux acteurs à plus de cinquante mètres étaient arrêtés près de l'eau. Avec la distance, il ne pouvait pas distinguer si elle était l'une des deux silhouettes. Il vit une femme avec des jumelles, s'approcha et lui demanda poliment ce qu'elle voyait. Elle lui répondit que c'était la scène où le type lui explique la vérité. Il aurait bien demandé à cette femme de quoi elle parlait mais il la laissa poursuivre. Il y avait eu d'autres scènes dans d'autres endroits du parc, notamment une où ils s'engueulaient, où elle marchait devant, et chaque fois que le type essayait de la rattraper elle l'envoyait balader. Ça se passerait de nuit au final, c'était pour ça qu'on ne voyait personne d'autre dans le champ, ils ajusteraient la lumière au montage – la femme savait tout ça parce qu'elle était là depuis le début de la semaine. Il se hasarda à demander si elle avait pu voir les acteurs de près, et elle répondit que hélas non. Elle arrivait de plus en plus tôt le matin, mais l'équipe trouvait toujours le moyen d'être là avant elle. Quant à se poster à l'entrée par laquelle ils passaient, ça ne servait à rien, elle était gardée et trop loin pour qu'ensuite on voie quoi que ce soit. Il remercia et s'éloigna de quelques pas. Des gens avaient déposé leurs sacs par terre et grignotaient, d'autres circulaient.

Avec une foule pareille, il n'y avait aucune chance qu'il franchisse facilement les barrières. Il fallait rentrer, réfléchir et revenir le lendemain.

Il était presque soulagé en rebroussant chemin vers la sortie. Même si ça faisait vraiment bizarre de la savoir là, tout près, il était reconnaissant d'avoir un peu plus de temps pour se préparer. Avant de remonter en voiture, il sortit son portable et rappela Mathieu :

« Au fait, tu me demandes pas pourquoi ça m'intéresse ?

— Je sais pourquoi ! Elle est super bonne ! Franck aussi est sur le coup ! »

Franck ? ! Franck était un petit con qui ne passait plus les portes depuis qu'il avait travaillé trois mois pour les studios Disney. Franck ressemblait à Ryan Phillippe et il roulait en Ferrari Spider. Il ne pouvait pas rivaliser avec une Ferrari Spider...

« Comment ça Franck est sur le coup ?

— Ouais, il a dîné avec elle.

— Quoi ?

— Ouais, l'autre soir, après le tournage, paraît qu'elle est vraiment cool. Bon, faut que j'te laisse, tiens-moi au courant ! »

Comment ça il avait dîné avec elle ? En tête à tête ou avec d'autres gens ? Et comment ça *après* le tournage ? Depuis quand Mathieu connaissait le lieu ?

De rage il fit vrombir le moteur, mais en quittant la place, il prit garde de ne pas toucher la Jaguar et la Mercedes toujours là. Il allait revenir le lendemain et Franck irait se faire foutre. À un feu rouge, en regardant vers un Abribus où s'étalait un poster de *Matrix Reloaded*, il eut un flash : elle ne serait probablement pas là le lendemain. Cannes se terminait dimanche, après-demain, donc demain elle serait en route pour là-bas ou déjà sur place. Il fallait qu'il y retourne maintenant. La scène en cours allait forcément bientôt prendre fin, et comme il y a toujours beaucoup d'attente, il aurait bien l'occasion de l'approcher pendant ce temps-là. Il fallait juste trouver comment. Il tourna la tête vers une épicerie arabe d'où provenaient des éclats de voix, et en voyant des types qui ouvraient des cartons, il eut une idée.

***

« Une livraison pour Mlle Ishida, elle a une loge quelque part ? »

Le gardien était un gros Noir en costume-cravate qui suait encore plus que lui. Il regarda sa feuille de route d'un œil sceptique, puis répondit qu'il n'avait aucune trace de cette commande.

« Comment ça se fait que vous avez pas de bon de livraison ?

— C'est pas que j'en ai pas, j'ai renversé du Coca dessus, vous voulez que j'aille vous chercher les morceaux ? »

Le gardien appuya sur la touche de son talkie-walkie : « Une livraison de bouteilles d'eau pour Mlle Ishida, quelqu'un est au courant ? »

Il sentit ses mâchoires se crisper mais regarda ailleurs comme s'il n'avait pas que ça à foutre. Une voix traînante grésilla à l'autre bout du talkie-walkie : « Je sais pas, faut vérifier, y a personne là tout de suite.

— Écoutez, il reprit, j'ai pas toute la journée alors je vais vous laisser ça là. Mais si elle a pas son eau, c'est vous le responsable, OK ? Donc si vous avez envie de porter tout ça, pas de problème, c'est juste que moi j'suis payé pour. »

Le gardien baissa les yeux sur les quatre packs de bouteilles à ses pieds, puis il finit par acquiescer : « Bon vous allez sur la gauche là-bas, dit-il en désignant une succession de caravanes, et après vous demandez. »

Il ramassa ses packs d'Evian et remercia le type d'un air faussement lassé. Qu'est-ce qui lui avait pris d'acheter autant de bouteilles ? Il voulait qu'il y en ait assez pour dissuader quiconque de les apporter à sa place, mais tout de même... Les poignées lui sciaient l'intérieur des mains, quant à la casquette, elle allait finir par déteindre sur son front tellement il transpirait en dessous. Fallait que ça tombe sur le jour le plus chaud du mois. Il avait dû rouler jusqu'au Decathlon de l'Aquaboulevard pour la trouver, pas croisé un seul magasin de sport avant. Il l'avait prise rouge et par chance elle lui allait bien. Il avait aussi pris une sorte de coupe-vent de la même couleur, qui faisait que maintenant il transpirait aussi abondamment sous les bras. Ça faisait illusion deux secondes, mais si le gardien avait pris le temps de noter le sigle Decathlon sur les deux, il aurait vite vu que ce n'était pas un uniforme de livreur. Il atteignit les caravanes. Chacune portait une inscription sur un carton blanc, et la sienne fut la dernière. Il frappa, puis n'obtenant pas de réponse, il regarda discrètement autour de lui, ouvrit la porte et grimpa. À droite se trouvaient deux fauteuils autour d'une table basse, et une porte, sans doute de salle de bains, tandis qu'à gauche s'étendaient d'un côté un canapé, et de l'autre une longue table peu profonde avec une chaise. La table était surmontée d'un miroir bordé de petites ampoules et jonchée de toutes sortes de choses : produits de maquillage avec des cotons couverts de fond de teint ; un petit agenda en cuir noir ; un feutre noir à encre gel ; le Nokia 8810 en titane, comme celui de Jodie Foster dans *Panic room*, qu'il avait longtemps voulu sans se résoudre à dépenser autant pour un simple téléphone ; une bouteille d'Evian d'un litre avec un gobelet, un paquet entamé de chewing-gums japonais violet, au raisin ou quelque chose dans le genre, et des pièces de monnaie. Il se félicita à la vue de la bouteille, ravi qu'elle boive la même marque que lui, et dans le même format d'un litre, beaucoup plus beau que celui d'un litre et demi puis il repéra le réfrigérateur et commença à défaire un des packs. Il ne put rentrer que deux bouteilles car il y en avait déjà plusieurs de jus de fruits. Il aligna les quatre restantes contre une des parois du réfrigérateur, puis entassa les trois autres packs contre le mur. Il aurait voulu s'asseoir pour souffler, mais se contenta de retirer sa casquette le temps de s'essuyer le front avec le dos de la main. Et maintenant quoi ? L'idée qu'il avait eue était de rester accroupi au-dessus des bouteilles, jusqu'à ce qu'il entende la porte s'ouvrir dans son dos et qu'il fasse alors semblant de les ranger. Mais tandis qu'il se tenait là, déçu de ne pas voir plus d'objets personnels, il se rendit compte de l'énormité de la chose : OK, elle le trouverait là, elle le remercierait pour l'eau, et après ? Elle le prendrait pour un livreur et puis c'est tout. Il fallait qu'il sorte au plus vite. Il regagna la porte, l'ouvrit tout doucement, jeta un œil au dehors puis redescendit. Il retira aussitôt la casquette et le coupe-vent qu'il colla dans un sac poubelle accroché à un poteau, puis il sortit son portable.

Pendant qu'il faisait semblant de parler avec quelqu'un, lâchant simplement « oui » toutes les dix secondes, il regardait autour de lui l'air de rien. Beaucoup de gens allaient et venaient, mais elle n'était en vue nulle part. Il s'éloigna un peu des caravanes, pas trop non plus car ça semblait être le seul périmètre où on ne chercherait pas à savoir ce qu'il faisait là. Il se demandait d'ailleurs ce qu'il dirait si on lui posait la question. C'est alors qu'il la vit. À une cinquantaine de mètres. Elle venait tranquillement dans sa direction, ou plutôt dans celle de sa caravane. Elle était accompagnée d'un type qui lui parlait et qu'elle écoutait attentivement en hochant la tête. Ils s'arrêtèrent, le type ajouta quelque chose puis partit sur le côté, et elle se remit en marche vers lui. Il s'avança alors à son tour d'un pas décidé.

« Bonjour, dit-il en arrivant à sa hauteur et en lui tendant la main. Je suis le fils de Serge, vous ne l'avez pas vu par hasard, je crois que je l'ai raté ! Comment ça se passe ? Pas trop chaud ? Vous avez de la chance qu'il fasse beau, on a eu un début de mois épouvantable. Dites, je voulais vous demander, vous ne voudriez pas m'accompagner un de ces soirs, je connais deux ou trois très bons japonais mais j'ai quelques difficultés avec certaines prononciations, vous m'éviteriez de continuer à être ridicule ! Je n'ai pas de carte sur moi, vous avez un stylo ? Attendez, j'en ai un, voilà, quand vous voulez, n'hésitez pas ! »

C'était sorti d'une traite. Sans que ça lui coûte le

moindre effort. Elle avait serré sa main, un peu surprise mais souriante. Elle n'avait d'ailleurs pas cessé de sourire tout le temps où il avait parlé. Amusée par son accent anglais pas terrible ? Puis elle avait empoché le papier avec son numéro et avait de nouveau serré sa main. Un bout de papier vierge arraché de la liste des magasins japonais... Il ne s'était ensuite pas retourné pour voir si elle le regardait s'éloigner. En repassant devant le gardien, qui avait froncé les sourcils, il s'était contenté d'un « fait trop chaud pour la casquette ! ». Et il avait continué de marcher tranquillement vers sa voiture, regrettant simplement que depuis la caravane elle ne puisse pas la voir.

Maintenant il était de nouveau assis au volant, et il mesurait avec angoisse ce qu'il venait de faire. Quelqu'un aurait pu le voir entrer et/ou ressortir de la caravane. Il aurait pu tomber sur elle à l'intérieur. Elle aurait pu ne pas serrer sa main et ne pas prendre son téléphone. Le regarder comme s'il était fou, et peut-être même appeler la sécurité. Il aurait aussi pu ne pas avoir mis le stylo dans sa poche après avoir parlé à Mathieu, et là elle aurait fait quoi ? Elle ne lui aurait pas forcément proposé d'aller prendre le sien dans la caravane. Elle devait surtout se demander qui était ce Serge. Mais de ce côté-là il ne s'en faisait pas trop : même si elle posait la question à une ou deux personnes, elle devait être trop occupée pour chercher jusqu'à ce qu'elle trouve. Pourquoi Serge, il n'en avait aucune idée, il espérait juste qu'il n'y en avait pas effectivement un dans l'équipe du film ! Elle avait souri tout du long, il n'avait pas rêvé... Elle avait même eu l'air touchée qu'il lui parle du Japon, comme si personne d'autre ne le faisait. La seule chose qu'il regrettait, c'était qu'il était tellement dans le truc qu'il l'avait à peine regardée. Et maintenant, à part son sourire, il ne se souvenait quasiment de rien. Il n'avait même pas eu le temps de voir ce qu'elle portait. Mais bon, c'était ça ou rien, n'est-ce pas ? S'il était resté une seconde de plus, son trouble aurait pu apparaître. Allait-elle appeler ? Rien ne le disait. Mais au moins, il s'était montré suffisamment léger pour que ça n'ait pas l'air d'un banal rentre-dedans. La longue tirade qu'il lui avait assénée était un peu ridicule, et puis elle avait dû se demander pourquoi il avait parlé sans s'arrêter et s'était sauvé tout de suite après, mais ça avait le mérite d'être inattendu. Si elle n'avait pas déjà un tas de gens à voir ici, elle appellerait, elle n'avait pas de raison de ne pas le faire. Elle appellerait, oui, il allait lui envoyer toutes les meilleures ondes pour, et Franck pouvait aller se faire foutre !

***

En pénétrant chez lui, il fut gêné par la masse de photos sur le mur. Impression d'être parti depuis des jours, et ça lui fit bizarre que ça date juste de la veille... Il ramassa le courrier éparpillé et soupira à la vue de l'enveloppe Price Minister. Il la déchira, c'était le film avec Jim Carrey. Sur la jaquette, ils se tenaient tous les deux bras croisés et se regardaient en coin d'un air faussement outré. Sûrement une comédie super lourde qu'il ne regretterait pas de ne pas regarder, mais quand même. Il calcula mentalement combien de films il lui restait à recevoir : un autre de Price Minister, deux d'amazon.com et un d'amazon.co.jp. Ceux d'Amazon seraient annulables s'ils n'étaient pas déjà partis, mais pour Price Minister il ne pourrait rien faire. Ça en ferait trois avec les deux déjà reçus. Il ne se voyait pas les remettre en vente sur le site, ce serait mesquin de vouloir se rembourser, il fallait qu'il les jette... Il retira son blouson, qu'il posa sur le bar, ouvrit le réfrigérateur, sortit une bouteille d'Evian dont il but une longue rasade, puis s'approcha du mur de photos.

Pour bien faire, il aurait fallu n'en garder aucune. Mais là tout de suite, c'était un peu trop lui demander. Il allait donc en choisir une seule et virer toutes les autres. Les jeter. Pas les garder dans un carton pour le cas où ça lui manquerait de ne plus les voir. Il ne conserverait pas non plus celle de la maison dans laquelle elle avait grandi. Juste une. Mais laquelle ? Elle était magnifique sur toutes et chacune était comme complémentaire des autres. Comme si avec l'ensemble il l'avait tout entière. Mais bon, de même qu'il ne pouvait plus se permettre de regarder ses films, il ne pouvait plus les laisser là.

Il venait de passer à l'étape suivante, l'étape du réel et ça impliquait d'arrêter tout ça. Les conditions étaient réunies pour que ça devienne concret, il ne fallait pas qu'il bousille tout. S'il avait commencé par chercher toutes ces choses sur elle, ce n'était que par habitude. Rien qu'un réflexe. Il le regrettait, d'ailleurs. Car s'il n'en savait pas déjà « trop » comme avait dit un jour Élisabeth, ce qu'il savait, il n'aurait plus le plaisir de le découvrir petit à petit. Comme dans une vraie rencontre. Si un jour elle lui racontait ci ou ça, il serait forcé de faire semblant de l'entendre pour la première fois. Mais bon, il n'avait pas passé le point de non-retour, c'était l'essentiel. Il n'en savait pas tant que ça, tout au plus le métier qu'elle faisait et depuis quand. Certes, ce n'était pas très « normal » d'avoir fait autant de recherches, mais Internet induisait ça. Et si c'était encore moins habituel de placarder autant de photos, il était sur le point de les retirer, et après tout, elles n'auraient été là que quelques jours.

Il n'était pas allé trop loin. Il avait un peu forcé les choses en se présentant comme ça devant elle, mais il n'avait pas eu le choix. Parfois il faut donner un coup de pouce aux événements. Parfois le destin se contente d'amorcer les situations et c'est à nous de les mener à terme. La vie l'avait cette fois mis au défi de vivre cette histoire, et en retour, il avait prouvé qu'il en était capable. Et puis c'était comme à l'école, quoi : quand une fille vous plaisait, vous demandiez à des gens qui la connaissaient de vous en parler. Si vous repériez où elle habitait, vous faisiez semblant d'avoir un truc à faire dans le coin pour la croiser par hasard. Et si vous découvriez ses goûts, vous prétendiez avoir les mêmes pour attirer son attention. Excepté que dans le cas présent, il ne feignait pas d'être attiré par le Japon. S'ils allaient dîner, il serait bien embêté au moment de commander, mais il n'en mourrait pas de goûter. Et s'il n'y arrivait vraiment pas, il n'aurait qu'à lui dire qu'il avait du mal avec la nourriture ! Elle ne lui tiendrait pas rigueur du petit mensonge...

Il fallait juste qu'à partir de maintenant il ne fasse pas d'erreur, et le reste suivrait. Oui, ça allait arriver parce que cette fois il s'en donnait les moyens. Il agissait. Et s'il présumait de la réussite de cette histoire, ce n'était pas par prétention, c'était par foi. Il avait confiance en ce qu'il ressentait et il faisait confiance à la vie pour l'aider à le concrétiser. Quelque chose lui intimait simplement de laisser désormais faire le « réel ». Or si son instinct le lui dictait avec une telle certitude, ça ne pouvait pas être pour rien ? Ça voulait dire que quelque chose, quelque part, voyait plus loin que lui et lui disait quoi faire pour que ça marche. L'idée de livrer de l'eau lui était venue tout de suite, passer le gardien avait été facile et ensuite elle était apparue...

Et elle souriait tout du long, bon sang ! Elle avait pris son numéro et elle souriait !

Après une bonne douche, il alla s'installer dans le canapé et entreprit de poursuivre son film intérieur commencé quelques jours plus tôt. Mais tout se mélangeait dans sa tête. Elle devant l'hôtel, elle avec PPDA, elle dans la maison avec la piscine, puis dans le parc – chaque image avait chassé la précédente et maintenant sa vision était complètement brouillée. Celle qui comptait était évidemment celle du parc, mais elle était si différente des autres... Pas star qui attend ses bagages comme devant l'hôtel, pas jeune première intimidée comme devant PPDA, et pas non plus le rare félin de son fantasme de l'autre soir. Juste normale, quoi. Elle restait très belle, aucun souci de ce côté-là, mais elle n'avait rien dégagé de particulier en face de lui. Il ne lui en avait pas laissé le temps cela dit.

Du coup, ça ne collait plus de reprendre les choses où il les avait laissées dans la suite de l'hôtel. Il essayait de revenir en arrière, de transposer la promenade du jardin dans le parc, mais ensuite quoi ? Même s'ils marchaient sans se parler et que le silence décuplait l'aspect hyper sexe, elle ne quitterait pas le tournage pour retourner à son hôtel, et ils ne s'éclipseraient pas non plus dans la caravane. Ce genre d'impulsion demande quand même que l'ambiance s'y prête. La fête où on s'emmerde, les quelques verres qu'on a bus, tout ça manquait en plein jour... Il commençait à se sentir franchement ridicule, assis là avec le pantalon ouvert. Mais un tas d'autres pensées l'empêchaient aussi de se laisser aller. Franck avait-il vraiment dîné avec elle ? Lui qui ne bouffait que du McDo ? Il avaient dû se retrouver à la même table avec le reste de l'équipe et puis c'est tout. Il pensait à Mathieu aussi, à sa désinvolture au téléphone. Et pourquoi Élisabeth ne rappelait-elle pas ? Il avait laissé trois messages disant qu'il l'avait enfin vue. Et puis c'était quoi, cette histoire de type qui la suivait dans le parc ? La seule info qu'il avait trouvée, quand il avait cherché pour envoyer les détails à Mathieu, parlait d'un projet futuriste à la *Total recall*. Si elle devait jouer les Sharon Stone qui fronce les sourcils en donnant des coups de pied, elle serait sans aucun doute sexy en justaucorps, mais à moins d'un chef-d'œuvre, ce genre-là fait généralement désordre dans une filmographie...

En fait il ne supportait pas d'être rentré chez lui. Il aurait voulu rester là-bas jusqu'à ce qu'elle ait fini de travailler. Il aurait voulu la ramener ici et passer toute la nuit à parler. Il aurait voulu qu'elle soit là, plutôt que d'essayer en vain de se branler. Ce n'était même pas qu'il ne bandait pas, non, de ce côté-là aucun problème. Mais essayer de se remémorer quelque chose de réel le perturbait, parce que ça lui arrivait pour la première fois...

C'est alors qu'il se rendit compte : c'était *vraiment* réel. Il ne l'avait pas découverte dans un film, il l'avait d'abord vue *en vrai*. Devant l'hôtel. Et même si ça n'avait duré qu'une seconde, c'était arrivé pour de bon.

***

Le lendemain matin, il eut envie d'aller enfin voir les magasins dont il avait relevé les adresses. Mais la perspective de faire ça un samedi, mal se garer puis se dépêcher une fois à l'intérieur... Il essaya de travailler, mais sans succès. Il tourna en rond un moment, puis, immanquablement, il finit par atterrir sur Internet.

Il savait qu'il ne devait pas, aussi se fixa-t-il de ne pas dépasser une demi-heure. Il se promenait l'air de rien, essayant toutes sortes de formules sur Google. Il trouva comme ça d'autres Junko Ishida. L'une était une chercheuse spécialisée dans le génome des plantes. Une autre, une écolière qui avait mis un poème en ligne depuis la Communauté internationale d'Abidjan ! Puis il finit par tomber sur une interview qui lui avait échappé les jours précédents. Dedans elle ne jurait que par un certain programme de nutrition américain appelé la « Zone », et par curiosité il alla jeter un œil :

« Pour rester en bonne santé, il ne faut plus envisager ses repas sous un angle calorique mais hormonal. La fluctuation du taux d'insuline étant la première cause de la prise de poids, il s'agit de combiner les aliments entre eux pour que le taux demeure toujours à un certain niveau. Ni trop élevé ni trop bas, soit la "zone" idéale. »

Jusque-là c'était du charabia pour lui. Mais lorsqu'il arriva au passage qui expliquait comment ça fonctionnait, il n'en revint pas. Faute d'avoir le temps d'apprendre à cuisiner, on pouvait se faire livrer : préparés par des chefs réputés, les plats étaient déposés tous les jours sur le pas de votre porte, ou laissés à la réception pour les immeubles-résidences, et ils étaient livrés à six heures du matin afin qu'on puisse en profiter dès le petit déjeuner. Ils étaient réchauffables au micro-ondes ou mangeables froids, et si vous voyagiez sur le continent, le programme vous suivait n'importe où. L'ensemble était présenté dans un sac de conservation rempli de packs de glace, et il était simplement demandé de toujours le remettre devant la porte afin que le livreur récupère l'ancien en apportant le nouveau.

Bon sang, il s'y voyait déjà : un appartement dans un immeuble avec un portier et un réceptionniste ! Le pressing à toute heure et les invités qui donnent leur nom avant de monter. Évidemment, au bout d'un moment, ce serait gonflant qu'on sache toujours qui vient vous voir et à quelle heure, mais tout de même, quel pied ! Quant aux exemples de menus proposés, ils étaient tout simplement médusants :

Petit déjeuner : pancakes au miel et fraises des bois ; ou frittatas de tomates basilic et tranche de melon ; ou œufs brouillés aux pommes de terre et salade de pêches... *Déjeuner* : curry de veau aux tomates séchées ;

poitrine de canard aux abricots ; barbecue tandoori au pamplemousse... *Dîner* : poulet marsala et riz brun à l'ail ; sole meunière et haricots verts aux amandes ; salade balsamique de dinde aux cœurs d'artichaut...

Entre autres bienfaits, ce miracle générait un meilleur sommeil, une meilleure concentration mentale, il prévenait le cholestérol et ralentissait le processus de vieillissement. Le tout pour seulement trente-cinq dollars par jour... Il y avait des tas de témoignages de gens qui s'y étaient mis, Madonna, Demi Moore, Jennifer Lopez, Ben Affleck, et chacun s'accordait à dire que s'il avait commencé pour perdre du poids, depuis il continuait par pur plaisir. Il suffisait de passer un entretien pour indiquer ses habitudes et préférences afin de mettre au point le programme adéquat. Livrable tous les jours de l'année...

Sauf que voilà : cette chose formidable n'existait pas en France.

Dégoûté, il se propulsa en arrière aussi loin que les roulettes de son siège l'emmenèrent. Quelle merde. Il se serait bien vu là, tous les deux, tranquilles au lit avec rien d'autre à faire qu'aller ouvrir quand on frapperait. Pourquoi on ne cherchait pas à implanter ça en France ? Trop cher, pas rentable ? Sans doute seules les célébrités peuvent avoir envie de ce genre de services. Mais ici, même nos plus grandes stars n'ont pas des quotidiens aussi « glamour ». On imagine facilement Meg Ryan ou Puff Daddy déambuler en peignoir dans leur immense baraque en mangeant ce genre de choses, mais pas Catherine Deneuve ou Gérard Depardieu. Et puis les Français sont trop fiers d'aimer faire la cuisine. Gras du bide mais fiers de leur cassoulet.

Faute de pouvoir se faire livrer tous ces trucs insensés, il aurait au moins pu habiter dans un autre coin de Paris. Au lieu de ça, il était coincé dans ce putain de quartier. Le haut du Xe, juste en dessous de Belleville. Là où il ne trouvait jamais rien que son estomac accueille correctement. Là où ne viennent pas livrer les sites Internet pour « riches ». Là où même les pizzas de Pizza Hut sont moins bonnes qu'ailleurs : imbibées d'huile et toujours en retard.

***

Le dimanche, vers 19 h 30, il était devant sa télé, comme beaucoup de monde sans doute, et il était abasourdi, comme sans doute tous les autres. Aucun des films dont il avait entendu le plus grand bien n'avait obtenu quoi que ce soit. Et tous les envoyés spéciaux y allaient de leur commentaire pour attaquer Patrice Chéreau, le président du jury.

Rien pour *Madame Butterfly*, donc... Comment avaient-ils pu ne pas récompenser un tel effort ? Tant de finesse de la part d'un Américain. Elle devait avoir les boules grave. Interrompre son tournage deux fois, tout ça pour rien. Il aurait voulu avoir son numéro de portable pour lui dire que c'était pas important. Que le film était magnifique et les Français des ignorants. Putain elle devait être anéantie : sa mère qui vient spécialement du Japon pour la voir perdre. Déjà qu'elle ne devait pas approuver son choix de carrière. C'était probablement pour ça qu'il lui avait semblé percevoir un début de gêne, quand PPDA l'avait questionnée à propos de sa mère. Elle vivait seule à New York, n'était toujours pas mariée à trente ans... beaucoup de choses très inhabituelles pour une Japonaise, comme disait Élisabeth.

Rien aux Golden Globes, rien aux Oscars et maintenant rien à Cannes. Il avait envie de la voir. De lui dire qu'il ne fallait plus y penser, ne pas regarder derrière. Toujours avancer, toujours persévérer. Elle avait du talent, beaucoup de talent. Il l'aiderait à ne jamais perdre ça de vue. Il lui donnerait toute son énergie. Chaque matin, chaque jour. Ils n'avaient qu'à partir où elle voulait. Au Japon, quand elle voudrait. Il pourrait travailler de là-bas. Par e-mail ou Fed Ex, peu importe. Le loft ? Pas de problème, il pouvait le revendre et réinvestir ailleurs. La Porsche idem, il en rachèterait une autre. Ses amis ? Élisabeth ? Il lui écrirait et elle viendrait les voir, elle adorait le Japon. Il était prêt. Quand elle voulait.

Le lendemain il retournerait sur le tournage. Il faudrait juste qu'il trouve un nouveau moyen de passer le gardien. Il l'emmènerait déjeuner, ou dîner. Si elle avait une longue journée, il attendrait, ou il reviendrait la chercher plus tard. Il voulait bien apprendre le japonais, avec plaisir ! Ou perfectionner son anglais si elle préférait rester à New York. Ils se feraient livrer pour vivre « dans la Zone ». Il n'y avait pas de mal à suivre les conseils diététiques d'une fille, Ben Affleck suivait bien ceux de Jennifer Lopez. Un mot à dire et il lâchait tout. Si seulement il pouvait l'appeler maintenant. Ça le rendait fou que Franck ait peut-être son numéro. Mais impossible de le lui demander.

Il pourrait appeler tous les hôtels de Cannes, il se faisait confiance pour déjouer les barrages des réceptions : « Je suis le portier de son immeuble à New York, il y a eu le feu, passez-la-moi immédiatement », « Je suis le secrétaire de M. Ishida, il a eu un accident, il faut que je parle à Junko ou à sa mère. » Mais il ne voulait pas interférer avec l'ordre naturel des choses. Il fallait attendre. Elle appellerait.

Mais le ferait-elle ? Ce n'était pas parce qu'elle était célibataire qu'elle était en quête d'une rencontre. Pas parce qu'elle se trouvait dans une ville inconnue qu'elle n'avait pas déjà plein de choses à faire. Pas parce qu'elle était japonaise qu'elle avait besoin de manger japonais partout où elle allait. Et pas parce qu'il ne s'était pas comporté comme un fan qu'elle allait se dire pourquoi pas. Elle pouvait préférer les blonds ou les bruns aux châtains. Les yeux très noirs ou très bleus aux siens, gris-vert. Mais en même temps, au début, on ne sait jamais vraiment pourquoi quelqu'un nous plaît, pas vrai ? C'est une question de feeling, n'est-ce pas ? Et ce qu'il avait fait passer était plutôt mignon. Au pire il s'était montré maladroit parce qu'intimidé. Elle appellerait, patience. Tout ce qu'il demandait c'était que l'autre, là-haut, lui donne une chance. Juste une chance.

De là où il était assis, il pouvait voir l'unique photo restée scotchée dans l'autre pièce. À peine de la taille d'une carte postale, elle provenait du tournage du film qu'il avait regardé l'autre jour. On voyait le réalisateur près de la caméra avec deux autres types, on voyait la chaise roulante vide et on la voyait elle un peu à l'écart. Elle se tenait debout, tête penchée, en pleine concentration. Elle portait un jean serré délavé et un tee-shirt noir. Aux pieds elle avait des Adidas à bandes, et ses mains étaient enfouies dans les poches arrière de son jean, comme il l'avait imaginée... Elle avait l'air d'une fille d'une trentaine d'années à la fois très belle et très simple. Intelligente mais réservée. Déjà au sommet de sa carrière mais restée humble. Et finalement, c'était comme ça qu'elle lui était apparue devant la caravane.

Il allait attendre. Ne plus retourner sur Internet. Ne pas ramasser son blouson pour aller revoir *Madame Butterfly*. Il allait lui laisser le temps de venir jusqu'à lui.

6

Mais le lundi matin, il ne tenait pas en place. Elle devait être de retour sur le tournage et il crevait d'envie d'y aller. Peut-être même qu'elle n'était jamais partie, peut-être qu'elle avait su pour le palmarès et ne s'était pas déplacée à Cannes. Assis au bord de son lit, il se prit la tête dans les mains et ferma les yeux pour se répéter qu'il n'était pas ce genre de mec. Non, pas du genre à se laisser bouffer comme ça. Il allait prendre une douche et se remettre au boulot. Depuis quand n'avait-il rien fait ? Lui qui s'enorgueillissait de bosser plus que les autres, pas question de continuer comme ça. Il passa donc dans la salle de bains et entra directement sous l'eau froide.

Quand il en ressortit, il était réveillé et d'attaque, prêt à rattraper tout le temps perdu. Le temps de vérifier ses messages et il s'y mettait.

Sauf que sur son portable, il vit deux appels en absence. Deux numéros « privés » à dix minutes d'intervalle. Et bien qu'il n'eut aucun moyen d'en être sûr, il sut que c'était elle.

***

Il crut devenir fou dans les embouteillages. Partout les gens se garaient en double file avec leurs warnings, c'était pas fait pour ça bordel ! Tout en conduisant, il regardait sans cesse son téléphone sur le chargeur. Il le prenait dans la main pour vérifier que la sonnerie était bien réglée, qu'il ne s'était pas mis tout seul sur vibreur comme ça arrivait parfois. Pourquoi n'avait-elle pas laissé de message ? Pourquoi ne rappelait-elle pas ?

Il eut sa réponse en arrivant au parc André-Citroën. Comme il n'y avait pas de place, il dut se mettre en double file... Dans sa précipitation il manqua de laisser les clés sur le tableau de bord. Il traversa le parc en courant vers l'intersection où l'équipe était installée. Et il découvrit l'emplacement vide. Plus de barrières, plus de camions, plus rien. Rendu aux promeneurs. Il faillit se trouver mal. Comment était-ce possible ? Plus une trace de ce qui avait pourtant été là des jours durant. Voilà pourquoi elle ne rappelait pas : elle était partie. Elle avait dû essayer de le joindre avant de monter dans son avion, et maintenant elle s'était envolée.

Il repartit en direction du VIIIe. Il essayait de gagner du temps en se faufilant tout en faisant attention de ne toucher personne. Elle avait dû appeler pour dire au revoir, s'excuser de ne pas pouvoir aller dîner. Par politesse, l'éducation japonaise, quoi. Et maintenant elle était partie... Il enfonça l'oreillette de son kit piéton et fit apparaître le numéro de Mathieu :

« Il était censé s'arrêter quand le tournage ?

— Hein ? Bonjour quand même !

— Le tournage, répéta-t-il en prenant le téléphone pour parler directement dedans.

— Je sais pas, appelle Franck, y doit savoir. Ah ouais mais non, il est à New York là.

— Quoi ? Mais il est parti quand ?

— J'en sais rien, il avait des mecs de Pixar à voir. Mais qu'est-ce que t'as toi en ce moment ? »

Il raccrocha sans répondre et appela Élisabeth :

« J'allais t'appeler ! s'exclama-t-elle. Excuse-moi j'étais partie en week-end. Alors, raconte !

— Elle est partie.

— Comment ?

— Elle est partie j'te dis.

— Mais... »

Là aussi il raccrocha sans rien ajouter car il arrivait devant le Four Seasons. Il pila au milieu de la contre-allée, ignora le voiturier qui venait vers lui et s'engouffra dans le hall où il marcha droit sur la réception.

« Est-ce que Mlle Ishida est toujours là ?

— Bonjour monsieur, c'est à quel sujet ?

— Je veux juste savoir si elle est toujours là ou si elle a quitté l'hôtel ?

— Elle a effectivement quitté l'hôtel, monsieur.

— Ce matin, c'est bien ça ?

— C'est pour quoi, monsieur ? »

Il s'efforça de garder son calme en regagnant la sortie, putains de réceptionnistes, ça se croit supérieur parce que c'est dans le secret. Le voiturier auquel il n'avait pas laissé sa clé attendait. Deux taxis aussi. Mais au lieu de remonter en voiture, il leur fit signe qu'il n'en avait que pour une minute et il s'engouffra de nouveau dans l'hôtel. Le réceptionniste auquel il venait de parler était maintenant occupé avec une femme. Un autre s'approcha mais il montra que c'était celui-là qu'il voulait. Le premier le remarqua pendant qu'il répondait à la femme et leva les yeux au ciel.

« Écoutez, dit-il quand ce fut son tour, faites un effort, ça vous coûte rien. J'ai besoin de savoir où elle est allée et quand elle est partie. Vous avez jamais vu deux amoureux s'engueuler ? Vous avez jamais vu l'un des deux se tirer sans dire à l'autre où il va ?

Le réceptionniste poussa un soupir :

— Je ne peux pas vous dire où cette personne s'est rendue, je peux simplement vous confier que sa chambre reste réservée.

— Elle doit revenir ? Quand ça ? »

Mais le type n'en dit pas plus. Il soupira à son tour et le remercia. Dans la contre-allée, les chauffeurs des deux taxis qui déchargeaient des bagages le fusillèrent du regard. En faisant rugir le moteur, il effraya un vieil homme qui traversait devant lui, mais il ne le remarqua même pas alors qu'il dégageait pour aller se ranger plus loin sur un bateau.

Elle allait donc revenir. Était-elle en route pour New York où on avait réclamé qu'elle rentre ? Était-il arrivé un problème à sa famille qui nécessitait qu'elle se rende au Japon ? Il chercha sur le wap le numéro de Roissy, et pendant que ça se téléchargeait, il repensa à ce que Mathieu avait dit. Franck à New York pour rencontrer des gens de Pixar... putain de veinard. Mais s'y trouvait-il depuis plusieurs jours ou avait-il pris le même vol qu'elle ? Se pouvait-il vraiment qu'ils soient ensemble ? Le numéro de Roissy apparut et il appela aussitôt :

« Bonjour, j'ai besoin d'un renseignement inhabituel.

Je vous appelle de New York, je dois aller chercher quelqu'un à JFK et j'ai perdu le papier avec l'heure de son arrivée. Si je ne suis pas là pour l'attendre, je vais être renvoyé. Donc j'aurais besoin que vous me disiez sur quel vol est cette personne.

— Je comprends, monsieur, mais nous ne sommes pas autorisés à fournir ce genre d'information. »

La fille avait une voix candide, il se la représenta aussitôt sous la forme de Renée Zellweiger toute rougissante dans *Jerry Maguire*.

« OK, reprit-il, c'est pas vrai, je suis pas chauffeur, mais je vous en prie, on s'est engueulés pour une connerie et maintenant elle part sans moi.

— Je comprends, monsieur, mais...

— S'il vous plaît, c'est vraiment très important.

— Bon, fit la fille, je vais voir ce que je peux faire. Comment s'appelle cette personne ? »

Il donna son nom et attendit. Aurait-il le temps de foncer à l'aéroport si l'avion n'avait pas encore décollé ?

« Il y a seize vols à destination de New York aujourd'hui, ça fait beaucoup.

— Je vous en prie, essayez juste ceux avant 13 heures, merci. »

Il était impensable qu'elle soit avec Franck. Si c'était le cas, alors il se trompait complètement sur elle.

« Je ne la trouve pas, monsieur, se peut-il qu'elle voyage sous un autre nom ? »

Évidemment ça se pouvait, mais comment deviner lequel ? Il songea à « Pocahontas » dans *Notting Hill* mais ça ne le fit même pas rire.

« Vous pouvez essayer le Japon ?

— Pardon ?

— Le Japon, Nagoya.

— Il n'y a pas de vols directs pour Nagoya, il faut passer par Tokyo ou Osaka. Alors voyons, aujourd'hui il y a six vols à destination de Tokyo et trois pour Osaka.

— Je veux bien que vous regardiez, merci.

— Je regrette monsieur, je ne vois cette personne sur aucun vol non plus.

— OK, tant pis, merci. »

En redémarrant, il songea qu'il devait toujours avoir les noms des producteurs notés dans un coin, ceux qu'il avait communiqués à Mathieu pour qu'il trouve le tournage. Il n'aurait qu'à appeler leurs boîtes et demander ce qu'il en était du tournage. Il pourrait aussi essayer de retrouver la blonde qui l'avait accompagné à la voiture, l'attachée de presse qui était à la fête. C'est alors qu'il réalisa que ce n'était jamais arrivé, que cette fête dans cette maison n'avait jamais eu lieu... Il manqua d'emboutir une voiture et se rangea pour retrouver ses esprits. Putain, tout foutait le camp dans sa tête.

***

Le soir, alors qu'il était assis dans le canapé, dans le silence et dans le noir, il vit la lumière de la cour s'allumer. Il tendit l'oreille, perçut le bruit d'une porte d'escalier qui se refermait toute seule, et puis plus rien. On n'entendait ni la personne monter à l'étage, ni un répondeur qu'on écoute ou une télé qu'on allume. Y avait-il du bruit au Japon ? Il attendit que quelque chose réponde dans sa tête, mais rien ne vint et il se remit à fixer un point devant lui.

Jamais plus il ne pourrait habiter un immeuble normal. Les gens s'imaginent que vous ne pouvez pas les entendre, puisque vous qui ne faites jamais de bruit, ils ne vous entendent pas... Musique ou télé à fond sans se soucier que ce soit trop fort. Coups de marteau jusqu'à 21 h 59 parce que la loi l'autorise. Talons sur le parquet à sept heures du matin. Aspirateur dès neuf heures le dimanche. Sans oublier les fêtes... Un mot dans le hall qui n'excuse rien. Un mot affiché la veille qui ne laisse pas le temps de s'enfuir. Et un PS qui invite à passer si on veut. Comme si on pouvait avoir envie de débarquer chez des inconnus pour écouter de la musique de merde. Parce que c'est toujours de la musique de merde. Et même quand ça reste correct, il y a une différence entre avoir envie d'écouter et y être forcé. Toute la nuit. Ça chante par-dessus les paroles, ça hurle pour s'interpeller, ça explose de rire à tout bout de champ. Mais surtout ça danse. Ça fait un bruit de troupeau qui piétine et on a l'impression que le plafond va s'écrouler. Comme on a peur de passer pour un chieur, on ne monte pas demander de baisser. Et comme on a peur de passer pour un vieux con, on n'appelle pas non plus les flics. On attend. On essaye de dormir. Mais ça ne s'arrête jamais. Toute la nuit on entend le coup de sonnette ou l'Interphone à chaque nouvel arrivant. Toute la nuit ça défile dans l'escalier ou ça appelle l'ascenseur. Ça s'arrête sur votre palier pour discuter. À ce stade, vous avez l'œil collé au judas pour voir quel âge peuvent bien avoir ces gens pour ne même pas se dire qu'il y en a d'autres qui *habitent* là et qui essayent de dormir. Au bout d'un moment, ils ont chaud alors ils ouvrent les fenêtres, et là le boucan devient tel que vous croyez devenir fou. Quand le jour se lève, vous n'en revenez pas que la musique ait cessé. Sauf que c'est pas fini. Les derniers trop bourrés se cassent la gueule dans l'escalier. Ils crient à pleins poumons sous les fenêtres pour dire au revoir. Et comme si ça ne suffisait pas, le propriétaire décide de ranger maintenant. Il remet en place tous les meubles. Il ramasse les bouteilles qui s'entrechoquent dans les sacs-poubelle. Il descend vider les sacs dont le contenu ébranle tout l'immeuble en se fracassant dans le container. Il claque sa porte en remontant. Il claque ses fenêtres en les refermant. Et puis plus rien. Durant les minutes qui suivent, vous songez que vous allez enfin pouvoir vous endormir. Mais il n'en est rien. Vous percevez brusquement une cavalcade au-dessus de vous et une ignoble éructation retentit. Et là vous savez... vous savez que pendant la demi-heure qui va suivre, vous allez l'entendre gerber tout ce qu'il sait. Et dans vos fantasmes les plus fous, vous vous rhabillez, vous empochez vos clés, vous montez, vous enfoncez sa porte, vous trouvez sa salle de bains, vous le chopez par les cheveux et vous le noyez dans la cuvette de ses chiottes...

Il tendit le bras pour allumer l'halogène, cligna des yeux, éteignit. Ralluma. Éteignit de nouveau. La pièce redevint totalement noire, puis petit à petit ses yeux s'habituèrent de nouveau à la pénombre. Ce n'était pas elle qui avait appelé. Sinon elle aurait insisté.

***

Dans son lit il ne dormait pas. Pas un bruit dans l'immeuble, mais l'affichage turquoise du réveil illuminait tout autour de lui. C'était pas croyable qu'avec une technologie capable de programmer un CD pour vous réveiller, il n'y ait pas moyen que ce foutu éclairage s'éteigne au bout d'un moment. On devrait inventer des écrans spéciaux qui ne s'allumeraient que quand on les effleurerait. Au-delà du lit, il voyait les points rouges de tous les appareils du coin télé mis sur veille. Et si ces histoires de veille étaient une ruse pour faire dépenser les gens à leur insu ?

Il fixa le sigle Thompson sur le réveil. Brusquement il n'en pouvait plus des marques, les marques écrites partout, collées, gravées... Comment en était-on arrivé là ? Comment pouvait-on supporter qu'il y en ait à ce point sur *tout* ? Sony sur l'écran, le DVD, le magnétoscope, l'ampli, le caisson de basse, les cinq enceintes. Noos sur le décodeur du câble. Sony encore sur les deux consoles Play Station. Microsoft, Sega, Nintendo sur les autres. Et pareil de l'autre côté. Gaggenau sur le réfrigérateur, le four, la machine à laver le linge. Boffi sur les brûleurs de gaz encastrés. Philips sur le grille-pain, le presse-agrumes, la machine à café, l'aspirateur. Sony encore sur le petit écran plasma. De même que sur la mini-chaîne du bureau. La pomme de Macintosh sur l'ordinateur. Epson sur l'imprimante et le scanner. QPS sur le graveur fire wire. Alcatel sur le modem de l'ADSL. Erikson sur tous les postes de téléphone. Noirot sur tous les radiateurs. Même sur la vasque du lavabo et le bloc de la chasse d'eau, la signature de Jacob Delafon s'étalait sur l'émail...

Plus une chaîne de télé sans logo dans un coin. Plus

une rue de Paris sans panneaux d'affichage. Plus une palissade de travaux sans graffitis. Plus une boulangerie sans annonces scotchées sur la caisse. Plus un tabac sans affichettes de nouveaux jeux. Plus une voiture sans autocollants de concessionnaires. Plus un taxi sans infos sur les appuie-tête. Plus une station-service sans posters de lots à gagner. Plus une sortie de métro sans distribution de journaux. Plus de magasins sans offres de cartes de fidélité. Plus de rayons de supermarché sans offres de promotions. Plus de magazines sans offres de cadeaux avec l'abonnement. Plus de boîtier de DVD sans catalogues des sorties à venir. Plus une canette de soda sans partenariats d'événements. Plus un sportif ou un rappeur sans écussons sponsorisant.

Plus une facture sans dépliant pour une nouvelle formule. Plus un site Internet sans pages de pub qui s'ouvrent toutes seules. Plus un coup d'œil à un disque ou un livre sans qu'un lien renvoie à l'achat. Plus un achat sans que la boîte e-mail se retrouve ensuite saturée de news. Du blabla jusque sur les pochettes d'allumettes. Des tonnes de prospectus balancés sans être lus. Des tonnes de papier pilonné chaque jour. Des choses écrites partout.

Tout le temps.

Tout le temps.

Tout le temps.

Il arracha la prise du réveil et le balança à l'autre bout de la pièce.

***

À deux heures du matin il ne dormait toujours pas. Il était dans le noir, le noir total après être aussi allé débrancher tous les appareils du home-cinema. Il réfléchissait aux mangas, surpris de n'être tombé sur aucune interview où elle en parlait. Si ce qu'il avait lu chez Élisabeth disait vrai, elle devait pourtant avoir été élevée à ça comme tous les Japonais. Il en avait déjà vu des tas mais n'en avait jamais acheté que trois : *Ghost in the shell*, *Akira* et *Le Tombeau des lucioles*. Pourquoi n'avait-il pas été influencé par les mangas dans son travail ? Voilà une question qu'il ne s'était jamais posée et qui maintenant le travaillait depuis une bonne heure.

Les décors sont pourtant toujours à couper le souffle. Seuls les dessinateurs de mangas savent resituer la réalité à ce point. Dans *Ghost in the shell*, il se souvenait de la texture de l'oreiller de la fille, sur son lit, dans sa chambre devant la baie vitrée qui donnait sur l'amas de gratte-ciel... Dans *Akira*, il revoyait les structures des immeubles, les enseignes des rues, les aspérités des trottoirs, les détritus dans les caniveaux... Quant au *Tombeau des lucioles*, hormis l'émotion, comment oublier l'herbe verdoyante dans les champs, les gouttes de pluie sur les feuilles des arbres, ou l'usure du bois sur les murs de la cabane ? Tout cela était si parfait...

Il avait aimé les mangas quand il les avait découverts, il avait tout de suite reconnu du génie à leurs divers créateurs. Pourquoi, alors, ne s'en était-il jamais inspiré ? Se pouvait-il qu'il les ait rejetés par crainte de ne jamais pouvoir les égaler... ? Il savait que maintenant, s'il mettait n'importe lequel de ces trois DVD, il y verrait le Japon. Il verrait tout ce qui avait toujours été là sans qu'il le remarque avant. Avant elle. Elle qui était en train de lui faire prendre conscience d'un tas de choses. Comme le fait qu'il stagnait, ni plus ni moins. Dans son travail : pas assez de prises de risques dans les sujets, pas assez d'audace dans le coup de crayon. Mais dans tout le reste aussi. Il avait voulu un loft et il l'avait. Il avait voulu une Porsche et il l'avait. Et maintenant quoi ? Il allait continuer combien de temps comme ça, avant de se fixer de nouveaux objectifs ? C'était pour ça qu'elle tombait bien : il était prêt à passer à autre chose. Redéfinir le but de son travail, redéfinir l'espace dans lequel il évoluait, et pourquoi pas, changer de pays. Sauf que voilà, elle n'était plus là, et on avait beau lui avoir dit qu'elle allait revenir, il n'y croyait pas.

***

À quatre heures du matin il ne dormait toujours pas. Il regardait un documentaire de Planète sur la prostitution en Asie. C'est clair que les mecs vont là-bas parce qu'ils trouvent les Occidentales trop chiantes ou trop frigides. Pourquoi écouter leurs jérémiades quand en Asie elles vous vénèrent contre une poignée de dollars ? Dans la nature, l'animal se démène pour obtenir les faveurs de la femelle. Aussi bien en se battant contre d'autres mâles qu'en faisant sa danse nuptiale et en prenant le risque d'être rejeté. Mais l'homme, pensez donc... On voyait un tas de petites filles débarquer dans des boîtes de nuit où les clients attendaient. Puis après on les retrouvait dans des dortoirs au moment de se coucher. Elles riaient aux éclats en se démaquillant. Elles avaient des Mickey dessinés sur leur pyjama, à peine en âge de se coucher sans sucer leur pouce. N'importe laquelle de ces frimousses bridées aurait pu être *elle* enfant, et il pleurait.

7

Quand le coup fut frappé à la porte, il ne tourna même pas la tête en se demandant ce que c'était. Mais en entendant la voix d'Élisabeth, il se rendit à l'évidence qu'il fallait ouvrir. Il s'extirpa du canapé, prit appui contre le mur car sa tête tournait, puis traversa le loft vers la porte d'entrée. Le soleil l'aveugla tandis qu'il s'effaçait pour la laisser entrer. Elle déposa son sac sur le bar, se retourna, joignit ses mains dans son dos et attendit en le regardant. Puis comme il restait planté là, elle croisa les bras et promena son regard sur la pièce. Il prit une cigarette sur le bureau, l'alluma. Il n'avait pas besoin de lui faire face pour savoir ce qu'elle voyait. Les cartons de pizza abandonnés n'importe où avec les mégots écrasés dans les restes. Les bouteilles de vodka renversées. Les vêtements éparpillés. Le voyant du répondeur qui clignotait et qu'il n'avait pas écouté une seule fois. Son portable par terre, auquel il n'avait pas non plus répondu. Le tas de feuilles froissées et déchirées au pied du mur. Et le tracé noir sur le mur... Rectangle de près de trois mètres sur deux. Fait au marqueur à la place du poster. Parce qu'à peine l'avait-il mis en pièces, qu'il avait eu besoin d'en redessiner le contour, pour faire comme s'il était toujours là. Ce poster agrandi de l'unique photo gardée, fabriqué à l'aide de feuilles A3 avec son imprimante-photocopieuse. Eliabeth voyait tout cela et elle le voyait lui. Torse nu avec sa serviette autour de la taille. Elle qui ne l'avait jamais vu pas habillé. Elle voyait sa barbe et ses cheveux sales, pas lavés depuis tout ce temps. Combien de temps d'ailleurs ? Une semaine ? Moins ? On était quoi, samedi ? Elle s'approcha du réfrigérateur, ouvrit la porte, la referma. Puis elle se tourna vers lui et le fixa d'un air qu'il ne reconnut pas.

« Je comprends pas, commença-t-elle. Tu ne sais rien d'elle. Tu sens des choses qu'elle dégage, mais c'est pas suffisant. Tu penses qu'elle serait parfaite pour toi, mais rien ne dit que tu serais parfait pour elle. Tu penses que tu as besoin d'elle, mais elle, jusqu'à preuve du contraire, elle n'a pas besoin de toi. Si tu as vraiment un truc pour le Japon, pars t'installer là-bas. Tu croiseras une fille dans la rue et ce sera normal. Mais en même temps je vois pas. Tu détestes la foule, tu détestes la discipline, tu détesterais être là-bas. Tu ne supporterais pas cette façon qu'ils ont de se courber à chaque fois qu'ils ouvrent la bouche. Ça te rendrait fou de ne jamais savoir ce qu'ils pensent. Et puis ces vieilles maisons que tu aimes, même si elles existent encore, tu y ferais quoi dedans ? Tu vivrais sur des tatamis ? Tu porterais des kimonos ? C'est ridicule. Va faire un tour là-bas, visite le pays, mais au-delà de ça, sincèrement je vois pas. Achète-toi un *rice cooker*, mange des brochettes, fais-toi du thé, mais en tout cas ressaisis-toi. Et puis plus jamais tu me laisses laisser autant de messages sans rappeler. Peut-être il serait temps que tu fasses une

donnait l'impression de se croire plus belle ou plus distinguée que la voisine, tandis que chaque homme lui semblait croire être mieux arrivé que les autres. Ailleurs, toutes les émotions se côtoient, alors qu'ici il n'y en a qu'une : le mépris. Pourquoi diable viennent-ils tous habiter ensemble s'ils ne veulent pas se mélanger ?

Pour lui, le XVIe était comme une sorte de minicontinent qu'arpenterait une poignée de dinosaures malades. Tout y est conçu pour qu'on s'y sente en sécurité, aussi bien moralement qu'esthétiquement, mais il n'y a pas un souffle de vie. Car qui voudrait emménager dans ce labyrinthe d'avenues qui deviennent comme mortes passé huit heures du soir ? On ne trouve ici que des couples quadragénaires coincés comme des pets, des vieux et des femmes de ménage. Les ados qui vivent chez leurs parents fuiront quand ils seront en âge de le faire, et ceux qui resteront ne changeront rien puisqu'ils deviendront comme leurs parents. Ouais, pour lui le XVIe était à part, et à force de vouloir le rester, il finirait par s'effondrer sur lui-même comme ces immeubles qu'on dynamite, et personne ne lui viendrait en aide...

Cela dit, ici au moins personne n'essaye de vous dépouiller. Ça veut dire quoi de se servir dès qu'une chose nous tente ? Ça veut dire quoi d'aller voler ce que les autres se sont payé en bossant ? Et c'est quoi ces flics qui répondent qu'on n'a qu'à pas avoir des choses que les autres peuvent *convoiter* ? Et puis quoi encore ? ? ?

***

Une heure plus tard, quand il arriva enfin vers chez lui, il était lessivé. Il transpirait, son pantalon et sa chemise collaient au cuir du siège. Le parking ? Trop loin pour une fois. La cour était à tout le monde, non ? Souvent des voitures y passaient la nuit, on n'allait pas le faire chier. Il descendit pour composer le code puis pousser la lourde porte. Il s'aperçut alors que deux grosses plantes avaient été placées au milieu du passage. C'était quoi ce bordel ? Il s'approcha, essaya d'en soulever une, les bacs étaient en béton. Il referma rageusement la porte, pestant à voix haute contre le connard qui les avait mis là, il remonta en voiture et repartit en direction du parking. Puis en chemin, il vit une place qui n'était miraculeusement pas une livraison et il s'en contenta. Ils avaient qu'à venir les mecs, avec leurs camionnettes et leurs scies à métaux, il serait là pour leur exploser la tête avant même que l'alarme retentisse.

Tandis qu'il avançait dans la cour, il regardait autour de lui en essayant de comprendre cette histoire de plantes. La porte du dernier loft avant le sien était grande ouverte. En passant devant, il eut le temps d'apercevoir un type avec un casque penché sur une table. Il revint sur ses pas, considéra un instant le type qui s'affairait. Il allait entrer quand du bruit le fit se retourner. Trois autres attendaient, les bras chargés de *flight cases*. Il s'effaça pour les laisser passer, il n'avait plus besoin de poser la question : il allait y avoir une fête. Vu qu'il y avait un deejay, ce serait une fête techno. Et vu qu'ils semblaient être quatre, ils se succèderaient toute la nuit...

Il s'efforça de ne pas y penser en accueillant le jet

de la douche. Mais il ne pensait qu'à ça. Les essais de son commençaient déjà et bientôt les bpm ne s'arrêteraient plus. Ça durerait jusqu'au matin, juste de l'autre côté de son mur. Un tas d'inconnus allaient venir envahir la cour sans qu'il puisse rien y faire. Certains essayeraient immanquablement de se hisser jusqu'aux fenêtres pour voir les lofts voisins, dont le sien. Et les plantes qui barraient l'accès laissaient supposer que la fiesta aurait lieu à la fois à l'intérieur *et* à l'extérieur. Comment les gens pouvaient-ils organiser des trucs pareils sans sonder les voisins avant ? Il fallait qu'il appelle Élisabeth, qu'il lui répète qu'il était désolé. Elle avait trop vu qu'il était complètement ailleurs. Lundi il irait lui racheter un autre scooter. Les gens ne volent pas au Japon, c'était répété partout dans les livres qu'il avait vus. Il savait que c'était elle qui avait appelé sans laisser de message. Il le savait et ça le rendait fou.

***

À deux heures du matin, il ne pouvait évidemment pas dormir et se releva pour aller s'installer à son ordinateur. Le boucan à côté ? Quel boucan ? Des zombies extasiés qui dansaient mécaniquement ? Non, il n'y avait personne de l'autre côté du mur, pas question de se laisser emmerder par ça. Il avait plus important à penser. Il fallait qu'il transfère de l'argent d'un compte sur un autre pour combler le trou du deuxième tiers prévisionnel. Il revoyait encore Doc Gynéco disant un jour qu'il refuserait de payer ses impôts. Ça avait fait marrer tout le monde, mais qu'est-ce qui se passerait si du jour au lendemain on refusait tous ? Hein, qu'est-ce qui se passerait ? Lui redonnait la moitié de ce qu'il gagnait. Comme s'il travaillait les six premiers mois de l'année *gratuitement*. De quel droit ?

C'est comme les droits de succession : quand les parents d'Élisabeth mourront et qu'elle héritera de l'hôtel particulier, elle sera obligée de le vendre juste pour payer ces foutus droits. Des gens travaillent toute leur vie pour acquérir un truc, puis une fois qu'ils crèvent, l'État se pointe tranquillement et en rafle la moitié. De quel droit bon sang ?

Pays de merde de toute façon. En France on n'encourage pas les gens à faire de l'argent. Dès qu'ils essayent d'entreprendre quelque chose on leur fout des bâtons dans les roues. Y a qu'à voir les galères qu'avait rencontrées Mathieu. C'est le pays au monde où la paperasse est la plus ahurissante. Mais s'il n'y avait que ça ! La législation exige de remplir des conditions pas croyables, les syndicats viennent faire chier dès qu'on a des employés – et après on s'étonne que les grosses fortunes se tirent ailleurs.

Pays d'abrutis. Ici les gens veulent être pris en charge. Ils attendent de la crèche qu'elle garde leurs bébés ; ils attendent de l'école qu'elle éduque leurs enfants ; ils attendent de la Sécu qu'elle gère leur santé ; et maintenant ils attendent de l'Europe qu'elle décide quels steaks mettre dans leur assiette. Quand prennent-ils des décisions ? C'est comme les grèves : n'importe quel syndicat à la con peut paralyser le pays tout entier sans qu'on y puisse quelque chose, et tant pis si tous ceux que ça pénalise ne sont en rien concernés par les revendications. Sur soixante millions de personnes, combien choisissent de faire ces grèves ? Ceux qui veulent quand même bosser se font casser la gueule. Et après, aux infos, on nous montre des gens tous guillerets de traverser la ville à pied, ou des petites entreprises toutes contentes de brusquement vendre plein de vélos ou de rollers. Mais tous ceux qui sont fous de rage d'avoir raté des rendez-vous cruciaux, ceux-là on ne les voit jamais... En plus faut les *payer,* ces gens, à ne pas travailler. Les grèves de la SNCF de mai dernier ont fait perdre deux cent cinquante millions d'euros...

Et la redevance télé ! Cette bonne blague ! La somme récoltée sert seulement à payer les salaires de ceux qui la collectent. Et on ne peut pas la supprimer parce que sinon tous ces gens seraient au chômage. Comment peut-on être demeuré au point de laisser perdurer pareille aberration ?

***

À trois heures il ne dormait toujours pas, et pour cause, ça battait son plein à côté. Alors il regardait *Minority report* avec le caisson de basse à fond, et que le reste de l'immeuble aille se faire foutre.

Anderton dit « Je suis rentré » et la lumière de son appart s'allume toute seule. Bon sang, il adorait la technologie... Le DVD est une invention formidable : plus besoin de rembobiner les cassettes, plus besoin de se faire chier pour retrouver une scène, ça repart là où on a arrêté, et la qualité du son et de l'image rendent enfin justice aux réalisateurs. Les films sont outrageusement chers, mais on les trouve sur un tas de sites à moitié prix. Même l'époque laser-disc était un grand pas. Le seul hic, c'est que chaque fois qu'une marque met un nouveau produit sur le marché, elle se garde bien de prévenir que d'ici un an il sera obsolète, et au final on claque des milliers de francs pour rien.

Anderton dit « Écran mural » et un écran géant apparaît. Certains font des efforts, comme Noos avec leur VM – version multilingue pour pouvoir choisir entre la VF et la VO. Mais la typo de leurs sous-titres est carrément préhistorique, on dirait les premiers télétextes ! Et puis ils apparaissent en dessous de l'image et non dessus. Donc pour tous ceux qui sont en 16/9e, une fois que les bandes noires sont supprimées, ces foutus sous-titres sont coupés. Noos, les gars, vous êtes pas très futés... Et puis ça veut dire quoi d'empêcher de changer de chaîne quand on enregistre ? Et ça veut dire quoi que la programmation foire quand on éteint la télé au lieu de la laisser sur veille ? Et ça veut dire quoi de devoir repayer l'abonnement entier plus le décodeur quand on a une deuxième télé ? Pour qui ils se prennent ?

Anderton saute dans sa magnétomobile et s'enfuit dans les dédales du Maglev. Et pour la première fois, lui qui connaissait ce film par cœur, il se rendit compte : de nos jours, on n'invente plus d'histoires aussi prenantes... *Minority report* a été écrit dans les années soixante, en pleine explosion d'optimisme. Aujourd'hui, ce serait impossible, on sait beaucoup trop de choses pour continuer à anticiper. À l'époque on allait de l'avant, aujourd'hui on vit sur nos acquis. La fin des années quatre-vingt-dix a peut-être été l'apogée de l'évolution technologique, mais depuis on a bien régressé. Les gens ont fait un rejet : ils ne rêvent plus du robot qui passe l'aspirateur, ils regrettent le fouet de grand-mère. Pourtant, avec tout ce qu'on a découvert, un tas de choses pourraient être plus intelligentes. Comme de se mettre sur pilote automatique en arrivant sur l'autoroute, puis de repasser en manuel quand on la quitte. Certaines voitures sont déjà équipées de sonars qui calculent la distance séparant de la voiture devant. D'autres sont dotées d'un système qui bloque la pédale d'accélérateur pour la maintenir à la vitesse requise. Mais les gens n'osent pas s'en servir. Les gens ont peur du futur. Soucoupes volantes en l'an 2000 ? Tu parles, nos voitures ont toujours quatre pauvres roues et nos routes sont toujours pleines de nids-de-poule.

Il avait lu un jour que la technologie implique « quelque chose d'à la fois nouveau et intelligent, et que chaque pays avancé d'un point de vue technologique a son point central ». Chez nous c'est La Défense ! Ce vieux machin tout moche qui ressemble au Moyen Âge à côté de n'importe quel centre d'affaires américain. Quand il y réfléchissait, il ne comprenait pas. En France on a pourtant tout pour réussir : on a quatre mers, quatre saisons, différents climats pour faire pousser ce qu'on veut, plusieurs ports pour exporter. Mais non. Nous, on préfère dépenser des millions pour construire le porte-avions *Charles-de-Gaulle* et ensuite se rendre compte que la piste est trop courte. Nous, on fabrique un nouveau pont sur la Seine, puis dès le lendemain de l'inauguration on le ferme parce qu'on a merdé la structure. Nous, on invente le Bi-bop, on inonde Paris de bornes hors de prix et deux ans plus tard elles ne servent plus à rien...

Il suivit du regard la Lexus qu'Anderton venait de voler pour échapper à Witwer dans le hangar. Lexus – ça lui revint brusquement. Comment n'avait-il pas fait le rapprochement ? Est-ce que son père avait un lien avec le film ? Est-ce qu'il avait travaillé sur ce prototype ?

Pourquoi elle n'était pas là. Il avait tellement de choses à lui dire.

***

Quatre heures du matin, toujours devant sa télé, cette fois accroupi à un mètre de l'écran pour ne rien perdre de ce qu'il voyait. Il venait de prendre en cours un documentaire, *Vers un autre monde*, et il était abasourdi.

Il ne savait pas qu'un jour le soleil va mourir et qu'il faudra fuir la planète... Le jour où ça arrivera, le sol sera brûlé, les montagnes se liquéfieront, les océans seront en ébullition et la Terre deviendra un espace invivable. On aura alors le choix entre rester et mourir, ou partir pour sauver l'espèce. Sauf que voilà, le moyen de traverser le vide spatial et d'atteindre les étoiles n'existe pas encore. Dans un premier temps, on pourra peut-être vivre dans des avant-postes martiens. Ensuite, on pourra peut-être faire de Mars une planète dont l'atmosphère sera semblable à celle de la Terre. Mais après ? Quand le Soleil disparaîtra, il faudra aller encore plus loin... Les scientifiques se succédaient à l'écran, expliquant qu'il faudra construire des arches spatiales pour faire voyager la race humaine. Longues de plusieurs kilomètres, conçues comme des villes autosuffisantes, elles accueilleront des milliers de personnes. Des générations entières vivront et mourront à bord. Un aller simple. Il sera aussi possible de modifier génétiquement l'humain pour qu'il s'adapte à la vie dans l'espace. On créera une nouvelle espèce moitié humaine moitié machine. On reprogrammera le génome pour vivre plus longtemps, peut-être jusqu'à cinq cents ans. Plus un vaisseau est petit et moins il a besoin de carburant, alors on fera aussi en sorte que les astronautes soient plus petits et plus légers. Peut-être même qu'ils auront d'autres bras au lieu des jambes, pour une efficacité maximale. On se servira des gênes des plantes pour transformer la lumière en énergie. On empruntera aux animaux pour se développer avec leur fourrure ou leurs écailles si besoin...

Les scientifiques avaient les yeux qui brillaient, et lui aussi. Comment ces mecs pouvaient-ils dédier leur vie entière à des recherches qu'ils ne verraient jamais prendre forme ? Comment pouvaient-ils être à ce point calés ? Il aurait aimé qu'elle soit là pour voir ça avec lui.

Savait-elle beaucoup de choses ? Lui, que savait-il finalement ? S'il avait un fils un jour, qu'est-ce qu'il lui apprendrait ? Comment changer un pneu crevé ? Comment optimiser l'espace d'une surface habitable ? Comment animer un dessin grâce à la persistance rétinienne ? La belle affaire. Si c'était ça que son gosse transmettait à ses enfants, puis à ses petits-enfants, et ainsi de suite jusqu'à la génération qui partirait vivre dans l'espace, ils n'iraient pas bien loin. Un gosse ça veut savoir comment l'électricité arrive dans l'ampoule, comment la voix arrive dans le téléphone, comment le visage arrive dans la télé. Il ne savait rien de rien, aussi simple que ça. Si elle avait été là, elle l'aurait serré fort pour lui dire qu'à eux deux, ils trouveraient bien des choses à leur raconter, à leur gosse...

***

Le jour pointait alors qu'il était assis tout raide dans son lit. De l'autre côté, pas de rémission. La musique tapait. Plus rapide, tribale, sauvage. Il parcourait les murs du regard, se demandant s'ils n'allaient pas s'écrouler. Il fallait qu'il lui parle, qu'il lui demande s'il n'y aurait pas moyen de travailler avec son père. Dessiner des *concept cars*. Il n'était pas formé pour, mais il apprendrait. Ou elle pouvait l'introduire dans le milieu du cinéma. Il aurait donné n'importe quoi pour faire partie de l'équipe qui avait dessiné *Minority report*... Il se leva, prit une serviette dans la salle de bains, s'en entoura la taille et alla s'installer à son ordinateur. Son fond d'écran était le même depuis trop longtemps, il allait chercher la Lexus sur le net. C'est alors qu'il se rendit compte : l'intrusion décrite dans *Minority report* existait déjà... Sur tous les sites d'achat où on se rend, on nous fait remplir des listes de préférences, soit disant pour mieux nous accueillir la fois d'après, ct ensuite on a systématiquement droit à « Bienvenue, Monsieur Truc ou Madame Chose »... Comme quand Anderton suit un couloir de métro et que les pubs sur les murs l'appellent par son nom. Sécurisés, ces serveurs ? Ils ont tous nos numéros de cartes de crédit, nos noms, adresses, codes d'immeuble et numéros d'étage, ainsi que l'historique de tout ce qu'on a acheté. N'importe quel hacker un peu malin peut s'introduire sur notre compte, regarder ce qu'on achète, évaluer ce qu'il y a chez nous et venir braquer.

Il se rendit sur tous les sites où il avait des comptes et effaça toutes ses données les unes après les autres. Et d'une ! Et de deux ! Et de trois ! Non mais pour qui le prenait-on, il était encore capable d'entrer dans un magasin ! Dans la foulée, il décida de résilier son portable. Marre de toutes ces options faites pour dépenser plus. Et puis Noos aussi, tiens ! De la soupe en boucle sur MTV et toujours les mêmes films qui repassent tout le temps ? Des offres soi-disant à la carte, mais où une différence d'une étoile oblige à prendre un forfait au-dessus avec plein de chaînes dont on n'a rien à foutre ? Allez hop Noos, dégage ! Trois mois de préavis partout ? Les sociétés sont toujours contentes de nous compter parmi leurs nouveaux clients, mais le jour où on en a marre, alors là non, pas question de nous laisser filer. On nous submerge de démarches pour qu'à la fin on abdique. Ben non, il abdiquerait que dalle, leurs préavis ils pouvaient se les foutre au cul, il mettrait fin aux prélèvements et puis c'est tout. Non mais sans déconner. Il ouvrit le classeur qui contenait tous ses contrats. De quel droit on nous imposait de garder toute cette merde ? Factures de France Telecom : un an. EDF : cinq ans. Relevés de banque : cinq ans. Déclaration d'impôts : quatre ans. Et les bulletins de salaire : toute la vie ! Sans parler des factures de Noos, de

Bouygues, de Wanadoo, et de tout ce qu'on achète pour pouvoir les fournir en cas de cambriolage. Et les garanties de tous les appareils. Et leurs manuels de cinquante pages dans toutes les langues. Il se releva pour aller chercher un sac poubelle, revint s'asseoir par terre et entreprit de déchirer tout ça en petits morceaux. Même les poubelles on ne peut plus leur faire confiance. Un cambrioleur avisé fait vos poubelles pour savoir comment vous vivez. Alors il déchirait tout ça méthodiquement. Non mais de qui se moquait-on ? Tout d'un coup il fut pris de panique : son portable, nom de Dieu, elle n'allait plus pouvoir l'appeler ! Mais il se calma : avec le préavis, s'il l'effectuait, ça marcherait encore trois mois. Il poussa un soupir de soulagement, puis paniqua de nouveau : oui mais après ? Quoi après, elle n'allait pas attendre trois mois pour revenir, si ? Il ne savait plus. Il ne savait plus rien.

Quand il eut terminé, il se releva et regarda le sac-poubelle plein à ras bord. Il n'était pas satisfait, il décida d'y mettre le feu. Il resserra la serviette autour de sa taille, ouvrit sa porte d'entrée, fit trois pas dans la cour et renversa le sac par terre. Il rentra chercher des allumettes, puis revint mettre le feu. Quelques personnes qui se tenaient à distance avec un verre le regardaient faire. Une fille s'approcha l'air de rien.

« Qu'es' tu veux ? Tu veux m'en tailler une ?

— Pardon ? fit la fille.

— Si c'est ça amène-toi, sinon barre-toi. »

La fille s'éloigna sans se faire prier. Il resta un instant à s'assurer que le tas prenait bien feu de partout, puis il rentra à son tour et claqua la porte derrière lui. Planté au beau milieu du loft, il vira alors la serviette et commença à se branler de toutes ses forces. Les yeux fermés, il imaginait que la fille était entrée et qu'elle était à genoux devant lui. Il lui répétait de sucer mieux que ça, il la tenait par les cheveux, la giflait de l'autre main. Elle aurait intérêt à avaler, tout avaler bon Dieu de merde. Petit à petit les yeux bridés apparurent et le fixèrent. Il rouvrit les siens en même temps qu'il éjaculait devant lui. Il resta hébété quelques secondes, puis tomba à genoux. Elle n'avait pas le droit de lui faire ça. Sur le mur un peu plus loin, l'immense contour noir était toujours là. Par terre, le tas de feuilles déchirées qui avaient constitué le poster aussi. Ses bras vinrent se croiser sur sa poitrine, sa tête rentra dans ses épaules, son corps s'affaissa doucement sur le côté, et il se recroquevilla.

8

Quand il émergea, vers midi, sur le portable près de son lit il trouva un texto de Mathieu : « Tournage arrêté parce qu'elle a un autre film... »

Il resta un moment à fixer la phrase. Il était tellement amorphe que ça ne provoquait rien en lui. Il avait beau s'être enfin lavé et rasé la veille, il continuait de se sentir collant, visqueux. Il s'assit péniblement au bord du lit, se frotta le visage d'une main, relut le texto. Un autre film... Il essaya de réfléchir. Dans ces cas-là, lui semblait-il, il n'y avait pas trente-six solutions : soit le réalisateur décidait de continuer à tourner dans le désordre en attendant que l'acteur revienne, soit il le remplaçait. Et à ce mot, la panique le gagna. Il rabattit la couette et courut allumer l'ordinateur. Sa tête tournait de s'être levé trop vite, il s'assit le temps qu'Internet démarre. Il était probablement trop tôt pour qu'on en parle où que ce soit, mais il fallait qu'il en ait le cœur net. Et c'était là : « Ishida quitte Cronenberg. » Il lut la brève qui faisait mention d'un retard considérable pris en amont du tournage, si bien que maintenant, les producteurs d'un autre film menaçaient de l'attaquer si elle ne rappliquait pas. Il décrocha aussitôt le téléphone et composa le numéro du Four Seasons :

« Je voudrais savoir si la suite de Junko Ishida est toujours réservée ?

— C'est à quel sujet, monsieur ?

— On vous a appelé pour dire qu'elle ne reviendra pas ?

— C'est exact, monsieur, mais... »

Il se releva pour aller chercher ses cigarettes restées près de son lit. Le paquet était vide. La sensation de panique redoubla. Il retourna vers le bureau, fouilla partout sur les tables, essayant de se rappeler s'il avait acheté des paquets d'avance. Mais il n'avait plus que des bribes de la journée de la veille. Il s'habilla à la hâte, fit les poches de plusieurs pantalons à la recherche d'un peu de monnaie. Il fallait qu'il en trouve, pas le courage de se traîner jusqu'à un distributeur. Pas de distributeur à proximité, pas de distributeurs partout chez les pauvres ! Quand il ouvrit la porte, le soleil l'aveugla et il se sentit encore plus faible. Il faisait aussi chaud que la veille et de nouveau il étouffa tout de suite. Mais il était impossible qu'il reste sans fumer. Il enjamba le tas de cendres en chassant le souvenir de la nuit.

Dans la rue c'était noir de monde, tous les magasins étaient ouverts et les gens se tenaient n'importe où à discuter. Il dévia vers la chaussée pour les éviter. Tous les bruits lui paraissaient amplifiés. À chaque voiture qu'il entendait arriver derrière lui, il se plaquait brusquement contre celles garées. Il tourna dans le faubourg du Temple et commença à descendre en direction du tabac au coin de Parmentier. Il regardait par terre, car il sentait que d'un instant à l'autre il allait pleurer. Il était certain que c'était elle qui avait appelé. Pour lui dire quoi, il n'en avait aucune idée, mais c'était elle. Qu'est-ce qu'il allait faire maintenant, qu'est-ce qu'il allait devenir ? Le tabac était bondé. Il se mit dans la queue et attendit. Le brouhaha était intense, le nuage de fumée qui stagnait dans la chaleur prenait à la gorge et brûlait les yeux. Il fut tenté de laisser tomber, d'essayer un autre tabac à l'opposé de là, vers Belleville, mais la perspective de se mêler à une foule encore plus dense l'en dissuada. Quand ce fut son tour, il fit tomber toute sa monnaie et eut envie de disparaître de la vue des gens qui le regardaient payer avec une poignée de pièces. En ressortant il alluma une cigarette, qui lui colla la nausée et il dut tirer plusieurs taffes de suite pour la dépasser. Il commença à remonter la rue, s'efforçant de ne pas regarder devant lui pour ne pas voir la foule. Sous sa chemise la sueur coulait de ses aisselles. Il remarqua qu'en face il serait à l'ombre. Il s'apprêtait à traverser quand un scooter surgit d'entre deux voitures. Il eut juste le temps de reculer pour l'éviter, et il resta planté là à le regarder s'éloigner, sidéré que le type n'ait même pas fait un signe pour s'excuser. Puis soudain, il enfonça son paquet dans sa poche et se mit à courir. Les trous ! Élisabeth avait parlé de sept trous, sept trous percés pour un porte-bagages arrière. Le scooter tourna à droite dans Parmentier. Quand il atteignit le coin à son tour, il le vit dans la distance qui tournait encore à droite. Il devait remonter sur Belleville, avec un peu de chance il retomberait dessus par le haut. Il sentit un point de côté naître alors qu'il repartait en sens inverse. Un goût de sang commençait à remonter dans sa gorge.

La sueur lui coulait jusque dans les yeux. Il arriva au coin de sa rue, tourna, continua jusqu'au premier carrefour où il s'arrêta, hors d'haleine. Rien à gauche, rien à droite. Il courut alors jusqu'à la porte de sa cour, la traversa en trombe, sortit sa clé, eut du mal à l'enfoncer dans la précipitation. À l'intérieur il fonça ramasser son portable, ses clés de voiture et repartit aussitôt. Il décida de prendre un autre chemin pour gagner le parking, un chemin plus long mais par des rues sans magasins où personne ne le gênerait dans sa course. Puis il se souvint qu'il s'était garé pas loin et repartit de nouveau dans l'autre sens.

En même temps qu'il démarrait il appela Élisabeth :

« Sept trous c'est ça ?

— De quoi ?

— T'as bien dit sept trous ?

— Oui mais... qu'est-ce qui se passe, tu l'as vu ?

— Je sais pas, je crois, file-moi le numéro des flics.

— Attends, je cherche, mais tu l'as vu où ?

— Vite ! »

Il nota le numéro, dit à Élisabeth qu'il la rappellerait puis composa le numéro du commissariat. Il tomba sur le disque « Vous avez demandé la Police, ne quittez pas. » Putain on avait le temps de crever dix fois ! Il frappait le volant de sa main en attendant que ça décroche. Il s'essuya le front et roula les manches de sa chemise jusqu'aux coudes. Une voix finit par se faire entendre et il expliqua aussitôt qu'il venait de retrouver un scooter volé la veille, qu'il fallait qu'ils fassent vite. Il donna le nom d'Élisabeth, décrivit le scooter comme il put, donna le signalement du type, et enfin son numéro pour qu'on le rappelle.

Il pourrait facilement reconnaître le type, il avait eu le temps de noter son pull beige et son casque noir avec un autocollant ovale derrière. Mais si le scooter était garé, ce serait beaucoup plus compliqué. Il ne connaissait pas le modèle et serait chaque fois obligé de descendre pour aller voir s'il y avait les trous. Et des scooters noirs, c'était pas ça qui manquait.

À chaque fois qu'il en voyait un, sur un trottoir ou entre deux voitures à l'arrêt, son cœur s'accélérait d'un coup. Mais ce n'était jamais ça. Il tournait et retournait, passait et repassait dans toutes les rues. À force, il commençait à se faire repérer. Tous les mecs debout à discuter ou assis à des terrasses de café le suivaient du regard. Même si c'était la Porsche qu'ils mataient, ils devaient constater que c'était chaque fois encore lui. S'ils se connaissaient tous dans ce coin, comme ils en donnaient l'impression, il y avait des chances qu'ils soient au courant pour le vol. Et pour peu que l'un d'eux l'ait vu tourner autour de l'emplacement vide avec Élisabeth, il le reconnaîtrait. Qu'est-ce qu'il ferait, d'ailleurs, s'il retrouvait le scooter avant les flics ? Le renverser s'il roulait serait moins compliqué que de choper le type s'il était arrêté. Mais l'un dans l'autre, en un rien de temps il se ferait tomber dessus par tout le quartier...

Élisabeth était en route dans un taxi, elle appelait toutes les cinq minutes et il commençait à regretter de l'avoir prévenue. Non seulement il ne pouvait pas être sûr que c'était bien son scooter, mais plus le temps passait et moins il y avait de chances que ce type soit retrouvé. Ça faisait près d'une demi-heure qu'il cherchait. Il avait déjà appelé les flics deux fois et on lui avait assuré qu'une patrouille était partie. Il rappela une nouvelle fois et demanda le numéro pour joindre cette patrouille. On lui répondit que ce n'était possible que depuis le commissariat car c'était une équipe en VTT. Il manqua de s'étrangler, qu'est-ce qu'ils espéraient faire avec leurs petits vélos et leurs casques pour gamins ?

Quand Élisabeth appela pour la énième fois, il lui dit que c'était foutu et qu'il allait rentrer, il n'y avait plus rien d'autre à faire. Il remontait donc le boulevard de Belleville pour gagner le parking, quand il revit le scooter passer. Ce n'était plus le même type ou alors il s'était changé, il avait une veste de survêt bleue, mais le casque était identique et les trous toujours là. Il rappela le commissariat et cria qu'ils se dépêchent, qu'il n'était pas loin derrière mais qu'il allait le perdre à cause des embouteillages. On lui répondit de ne pas s'inquiéter, que la patrouille allait s'en occuper. Là il explosa : « Elle est nulle part votre patrouille, alors magnez-vous sinon je le démolis ! » Il se rangea sur une livraison et partit en courant entre les voitures. Il ne le voyait plus mais il ne devait pas être bien loin. Il se retournait régulièrement pour s'assurer qu'aucun deux-roues ne lui fonçait dessus. Son portable sonna, il s'arrêta pour répondre, ça y est, les flics l'avaient ! Plié en deux pour reprendre son souffle, il entendait à peine ce qu'on lui disait : venir identifier le scooter ? Habitant le quartier, ce serait une très mauvaise idée que le type voie son visage...

***

Il était convenu qu'il passerait l'air de rien sur le trottoir, qu'il regarderait sans s'arrêter, puis une fois au bout de la rue, il appellerait de son portable pour dire si c'était bien le scooter. Il s'exécuta donc, pas hyper rassuré, se rendant compte qu'il s'était un peu pris pour Zorro en se lançant dans la poursuite. Un gyrophare tournait sur le toit d'une voiture aux quatre portes restées ouvertes. Des vélos étaient inclinés contre un mur. Des talkies-walkies grésillaient, et une demi-douzaine de flics essayaient de contenir les petites racailles qui leur tournaient autour. Il vit les trous sur le garde-boue, il vit le type en veste de survêt tenu face au mur – et il continua. Il tremblait un peu, se demandant si on le suivait du regard. Au bout de la rue il appela le commissariat, puis fit le tour du pâté de maisons pour regagner sa voiture.

Le boulevard de Belleville était saturé, il gagnait à peine un mètre toutes les deux minutes. Le chemin le plus direct pour le parking passait par la rue où étaient les flics. Pour l'éviter, il allait devoir faire un grand tour, et brusquement il se dit que c'était aberrant. Les mecs vous volent, reviennent vous narguer en vous repassant sous le nez, et après faut faire des détours par peur des représailles ? Quand il arriva en vue de la rue, il enclencha donc son clignotant. Le type se trouvait toujours face au mur, autour le ton montait et les flics tenaient les autres en respect. En les dépassant, il continua de suivre la scène dans le rétro, mais en arrivant à l'intersection suivante, il s'arrêta. C'était pas normal qu'il ne saisisse pas l'opportunité de dire au type ce qu'il pensait. Même si c'était un peu risqué, fallait y aller, non ? Il ne voulait pas le regretter par la suite.

Comme quand sur le moment on ne sait pas quoi faire, et qu'après on se dit qu'on aurait dû tenter ci ou ça... Il recula jusqu'à un passage piéton, mit ses warnings et commença à remonter la rue. En le voyant approcher, un des flics le reconnut et le dévisagea sans comprendre. Il s'avança vers le type et fit signe qu'on le fasse se retourner. Interloqués, les flics s'exécutèrent. Le type, dans les vingt-cinq ans, avait le crâne rasé et une putain de sale gueule.

« T'es pas très malin, hein ? commença-t-il en le regardant droit dans les yeux. Repasser dans la même rue le lendemain, faut vraiment être débile. Mais j'voudrais que tu m'expliques : qui t'a dit que tu pouvais te servir comme ça ? Les gens qui se font chier à bosser pour se payer ce qu'y veulent, c'est pas pour que des mecs comme toi qui veulent pas bosser se pointent après. Tu te prends pour qui sans déconner ? »

Cette fois un des flics lui fit signe que ça suffisait. Les autres petites racailles commençaient à l'entourer.

« Faire ça à une fille en plus, ajouta-t-il. Qu'est-ce tu dirais si j'allais braquer ta mère, ou ta sœur ? Hein ? T'es qu'une merde. Ouais, c'est ça en fait, t'es que d'la merde » et il s'éloigna.

***

Quand il arriva au commissariat, Élisabeth l'attendait devant et vint à sa rencontre sur la chaussée. Il se pencha pour ouvrir la portière, elle monta et il roula jusqu'à une livraison un peu plus loin.

« J'suis allé voir le mec.

— Oh merde t'es dingue, il habite sûrement par ici.

— J'crois pas que ses potes vont me chercher, atterrir chez les flics ça calme. »

Elle sourit en voyant qu'il était trempé de sueur, et le remercia de s'être occupé de tout ça. Il ajouta qu'il fallait plutôt s'inquiéter de savoir si c'était vraiment son scooter... après tout, il ne l'avait identifié qu'à cause des trous, et s'il s'était trompé, ils seraient plutôt dans la merde ! Mais ils virent alors une camionnette arriver, et tandis que deux flics déchargeaient le scooter, Élisabeth fut formelle avant même d'avoir le nez dessus :

« Vous voyez cette marque, c'est là que se trouvait la plaque, alors que celle-ci a été rajoutée. Et là il y avait un autocollant du magasin, ça se voit qu'il a été retiré. Mais surtout, vous voyez ces trous, c'est moi qui les ai faits. J'étais pressée alors j'ai fait ça un peu n'importe comment, je dois l'avouer, et comme le porte-bagages était trop de travers, j'ai dû en refaire d'autres jusqu'à ce que ce soit droit. De toute façon ça se voit qu'il a été maquillé. Regardez toutes ces traces, là, là, et puis là, j'avais fait graver le numéro de série à tous ces endroits et ça se voit qu'ils ont été limés. Et puis la serrure a été forcée. Et celle de la selle a carrément sauté. Et quarante-deux kilomètres, ça correspond à ce que j'ai eu le temps de faire en trois jours. »

L'équipe en VTT qui avait procédé à l'arrestation les entourait, et une femme, qui notait tout ce qu'Élisabeth disait, la rassura : tout ça allait se régler très vite, les types étaient interrogés en ce moment même et elle pourrait sans doute reprendre le scooter dès le lendemain. « Les ? » demanda Élisabeth, et la femme répondit qu'ils étaient deux. Ils étaient d'ailleurs tous les deux connus des services de police pour vol et recel de scooters.

Ils attendirent ce qui leur sembla une éternité, de nouveau dans le hall comme la veille, pas très à l'aise de savoir que seul un mur les séparait des deux types arrêtés. Il était lessivé, vidé de ses forces, nauséeux, et constamment au bord des larmes quand il repensait à ce qu'il avait appris au réveil. Il s'était bien défoulé, il avait bien assuré, mais ça ne la ferait pas revenir. Il aurait donné n'importe quoi pour qu'elle apparaisse boulevard de Belleville. Là il l'aurait eu, le cran de tout lui déballer... Quand on vint enfin chercher Élisabeth, il dut insister pour monter aussi, rappelant qu'il était le témoin. Le bureau dans lequel ils furent introduits contenait plusieurs tables avec des types en civil derrière des ordinateurs. Élisabeth lui chuchota que c'était là qu'elle avait déposé la veille, mais l'inspecteur qui vint prendre place en face d'eux n'était pas le même. Il annonça qu'il ne savait pas de quoi il s'agissait car il n'y avait pas de trace de sa déposition précédente. Ça n'avait pas encore dû être informatisé et il n'avait pas le temps de chercher partout. Élisabeth vira au blanc : « *Pardon ?* » lâcha-t-elle. Le type, exaspéré, se mit à taper sur son clavier sans un mot le récit qu'elle recommença aussi calmement que possible. Il tapait avec deux doigts et soupirait à chaque truc qui semblait compliqué. Quand Élisabeth eut terminé, il resta silencieux pendant que le document s'imprimait. Il le tendit ensuite à Élisabeth qui dit tout de suite que ça n'allait pas, qu'il manquait la moitié de ce qu'elle avait dit en bas à l'équipe en VTT. Il reprit le papier à contrecœur, le posa dans un coin, puis se remit à taper pendant qu'Élisabeth redonnait la liste des preuves. Il imprima de nouveau sans un mot, tendit la nouvelle feuille à Élisabeth et de nouveau elle dit que ça n'allait pas :

« Vous avez mis qu'il y avait un porte-bagages et que maintenant il n'y est plus. C'est pas ça que j'ai dit ! J'ai dit que les trous qu'on voit à l'arrière ont été faits pour un porte-bagages et que je les reconnais parce que c'est moi-même qui les ai faits. Et vous avez oublié tout le reste, les numéros limés, le kilométrage identique !

— Écoutez, soupira le type, qui prenait visiblement sur lui pour ne pas perdre patience, ça ira très bien comme ça, on vous appellera.

— Comment ça on m'appellera ? On m'a dit que je pourrai revenir chercher le scooter demain !

— Ah non, madame, c'est pas comme ça que ça marche. Un des deux jeunes qu'on a appréhendés clame lui aussi la propriété de ce scooter, donc on va d'abord débrouiller tout ça.

— *Quoi ?* Mais j'ai montré les papiers et j'ai dit que je pouvais aller chercher la clé.

— Vous nous avez montré les papiers d'*un* scooter, mais ils ne correspondent pas à celui-ci.

— Évidemment ! Les numéros ont été falsifiés !

— Écoutez, madame, vous nous laissez faire notre travail et on vous appellera. Sachez simplement que s'il s'avère qu'il y a eu vol, si vous maintenez votre plainte et qu'elle aboutit à une condamnation, le voleur aura accès à votre identité.

— *Quoi ?* répéta Élisabeth.

— C'est la loi, madame, toute personne qui est condamnée a le droit de savoir à cause de qui. »

Élisabeth se leva :

« Je n'ai pas à discuter avec vous, mon avocat vous appellera. »

***

Cette fois il ne raccompagna pas Élisabeth. Il l'avait proposé, mais elle ne voulait pas que ce trajet de chez lui à chez elle soit désormais associé à des sales trucs. La rayure de la portière, le vol la veille, et maintenant ça. Sans doute préférait-elle aussi se retrouver seule, plutôt que de devoir se retenir de dire ce qu'elle pensait de sa saloperie de quartier.

Il était donc de retour chez lui, planté au milieu de la pièce, sa chemise trempée toujours sur le dos. Il regardait le contour noir sur le mur. Il le voyait sans le voir, pensait à *elle* sans y penser. Il s'en voulait de ne pas avoir insulté l'inspecteur. Mais au moment où il avait été sur le point de le faire, tout de suite en fait, Élisabeth l'avait arrêté en posant sa main sur sa jambe. Au moins il avait été confronter le mec. De ça il pouvait être fier. Personne n'ose jamais, alors que c'est pas si difficile, suffit de se répéter qu'on est dans son droit. Mais même ça ne parvenait pas à l'apaiser. Il était fatigué, en fait. Voilà, c'était ça, il était fatigué. De son loft, où il allait falloir faire un sacré ménage. Du mur, qu'il allait falloir faire repeindre pour enlever le marqueur. De sa vie en général. De tout. Il avait besoin d'une douche. Il allait retirer son pantalon quand son portable sonna dans sa poche. C'était Élisabeth. Elle pleurait :

« J'ai appelé, hoqueta-t-elle, j'ai appelé pour m'excuser de comment j'avais parlé et pour dire que j'allais revenir demain avec le vendeur du magasin. Parce que tu comprends, lui il peut le prouver que c'est bien le scooter qu'il m'a vendu. Mais tu sais ce qu'ils ont dit ? Ils ont dit que c'était pas la peine, qu'ils leur ont rendu le scooter.

— Comment ?

— Ils ont été relâchés et ils sont revenus avec un papier. Une attestation de vente écrite à la main. Et ça a suffi.

— *Hein ?* T'es où là ?

— Je vais appeler mon avocat, je t'embrasse » et elle raccrocha.

Au commissariat, des gens attendaient devant le comptoir et il profita de la cohue pour grimper à l'étage. L'inspecteur était assis au même bureau.

« Va falloir donner une explication, lâcha-t-il en s'asseyant devant lui. Des types fichés pour vol et recel de scooters vous apportent un certificat de vente, un truc fait entre deux particuliers, et ça vous *suffit* ? Ça se voyait de partout que le scooter venait d'être volé ! Enfin c'est dément ! Les mecs ont le culot de repasser le lendemain dans la même rue, on vous les apporte sur un plateau et vous les relâchez ?

— Écoutez monsieur, premièrement, je ne sais pas où vous êtes allé chercher qu'ils étaient fichés, ça ne vous regarde pas. Deuxièmement, ce scooter ne portait pas de trace d'effraction, sinon on ne l'aurait jamais restitué. Et troisièmement, j'ai à faire alors vous allez sortir d'ici. »

Le temps qu'il finisse sa phrase, il avait bondi et contournait le bureau pour attraper l'inspecteur. Mais avant même de l'atteindre, il entendit des chaises se renverser derrière lui et des tas de bras l'attrapèrent de partout. Il fut rassis violemment. Alors que les bras le tenaient toujours, l'inspecteur se leva et on le remit debout. Il entendit les coutures de sa chemise craquer au niveau de ses épaules tandis qu'on lui tordait les bras dans le dos.

« Vous allez dégager tout de suite sinon je vous boucle », siffla l'inspecteur entre ses dents, et on le propulsa vers la porte. On lui fit descendre l'escalier en vitesse, on lui fit traverser le hall, la porte s'ouvrit et on le poussa dehors. Il se retourna aussitôt, les flics étaient trois et l'un d'eux le tenait en respect de son index tendu.

« C'est ça ! cria-t-il. Trois contre un ! Pauvres mecs ! Allez vous faire foutre ! » et il tourna les talons.

Sa voiture était garée dans une ruelle plus loin mais il ne la regagna pas tout de suite. Il s'arrêta d'abord pour s'adosser à un mur et reprendre son souffle. Un tas d'images lui passaient dans la tête. Il se voyait attendre l'inspecteur et lui fracasser la tête dans un parcmètre. Il se voyait le suivre tous feux éteints puis grimper brusquement sur le trottoir pour le foutre en l'air. Il se voyait lui coller au cul sur le périph et le forcer à foncer droit dans le mur. Il finit par cracher par terre puis repartit.

La seule explication possible c'était que les flics n'avaient pas eu intérêt à les coffrer, peut-être c'était des indics ou quelque chose comme ça. De retour chez lui, il mettrait le nez dans sa paperasse pour voir comment dégager de ce pays. Évaluer combien de temps ça prendrait de trouver un acheteur pour le loft. Pareil pour la voiture. Il y avait cette super boîte d'effets spéciaux sur la Côte ouest. C'était où déjà, San Francisco, San Diego ? Il ferait un stage, avec le CV qu'il avait on le prendrait tout de suite. Et en attendant de voir venir, il vivrait à hôtel. N'avait-il pas toujours rêvé d'habiter à l'hôtel ? N'est-ce pas à ça que l'argent sert, à se sentir libre de faire ce qu'on veut ? Quant à elle... accepter que c'est pas comme ça que ça marche ? Même si quelque part c'était pas faux, au fond de lui, il était sûr à deux cents pour cent que ça pouvait coller... Alors qu'il arrivait en vue de sa voiture, il eut l'impression que quelque chose clochait. À mesure qu'il se rapprochait, il vit alors les cloques dans la peinture. Sur le capot avant, sur le toit, à l'arrière, partout. Puis il remarqua le bidon par terre : du liquide de frein. Enfin il repéra les deux types qui s'éloignaient tranquillement. Il sortit ses clés, fébrile, ouvrit la portière, appuya sur le bouton du coffre, alla fouiller dedans et s'empara du cric.

Il était à moins de deux mètres derrière eux, il allait les atteindre quand ils le remarquèrent et se mirent à courir. Ce qui suivit alors fut si rapide, que par la suite, même s'il avait voulu reconstituer la scène, il ne l'aurait pas pu. Le premier coup atteignit le premier type à l'épaule, et le temps qu'il lève de nouveau le cric, il fut lui-même touché à l'oreille par le second avant que celui-ci détale. Se tournant de nouveau vers le premier, il visa cette fois sa tête, mais celui-ci se protégea de ses bras, si bien que ce fut de ses coudes dénudés que le sang jaillit. Il levait le cric pour frapper de nouveau quand une main le lui arracha. Il ne sut alors pas combien ils étaient tant les coups se mirent à pleuvoir. Il en prit un dans l'estomac qui le fit se plier en deux, un autre dans le dos et il s'écroula. Il se retrouva à plat ventre mais on le retourna aussitôt et les coups redoublèrent. Au visage. Dans la poitrine. Dans les côtes. Dans les jambes. Quelqu'un le tenait aussi par les cheveux et cognait sa tête par terre. Il ne voyait plus rien à travers le sang qui lui coulait dans les yeux. Il sentit un coup plus sourd s'abattre sur son front, et l'espace d'un instant, sa vue fut brouillée par une violente lumière blanche. Il entendit le bruit de quelque chose qu'on balance à l'écart, et puis plus rien.

Il voulut se relever, mais toutes les douleurs le traversèrent en même temps. Il cligna des yeux pour essayer de chasser le sang. L'air arrivait maintenant difficilement. Comme si un immeuble entier lui était tombé sur la poitrine. Il tentait de se souvenir des deux premiers visages, qu'au moins il puisse les décrire en portant plainte. Du liquide de frein sur toute la carrosserie... Le sang qui refluait dans sa gorge était chaud. Au prix d'un effort considérable, il parvint à tourner légèrement la tête pour recracher ce qu'il pouvait. Son œil gauche restait fermé. De l'autre, en s'efforçant de faire le point sur l'objet qui gisait un peu plus loin, il finit par apercevoir le cric couvert de sang. Il essaya encore de bouger, mais sa tête ne voulait pas décoller du sol. Il ne pouvait même pas lever les bras pour s'essuyer la bouche. Le soleil inondait le trottoir, pourtant il commençait à avoir froid. Il imaginait qu'elle était agenouillée là, près de lui. Qu'elle tenait sa main et caressait son front en lui parlant doucement. En lui disant de ne pas s'inquiéter.

Que les secours n'allaient pas tarder. Qu'il n'avait pas la boîte crânienne défoncée. Qu'il se trompait, rien qu'une sale bosse. Du liquide de frein... bonne pour la casse, ni plus ni moins, le pire truc qu'on peut faire à quelqu'un. Il avait envie de voir la mer. Depuis combien de temps n'avait-il pas vu la mer ? Il avait froid. San Francisco ? San Diego ? Ils auraient une maison tout près de la mer. Il paraît qu'à force le bruit des vagues et du vent tape sur le système. Mais ils verraient le soleil se lever et se coucher chaque jour. Eux et leur petit bonhomme aux yeux bridés...

Si une voiture s'était engagée, ou si quelqu'un était passé au bout de la rue, il l'aurait sans doute vu allongé là. Et en se rapprochant, il aurait vu qu'il baignait dans une mare de sang. De l'autre côté du monde, au bord d'une avenue bondée du centre de Manhattan, une jeune Japonaise scrutait la circulation matinale en espérant voir arriver son chauffeur. Mais ici la ruelle était déserte. Et même si quelqu'un finissait par mettre le nez à sa fenêtre, dans la fournaise de cette fin de dimanche après-midi, il ne verrait qu'un corps. Un corps qui avait cessé de respirer.

CET OUVRAGE
A ÉTÉ REPRODUIT
ET ACHEVÉ D'IMPRIMER
SUR ROTO-PAGE
PAR L'IMPRIMERIE FLOCH
À MAYENNE EN DÉCEMBRE 2003

N° d'éd. FF818601. N° d'impr. 58782.
D. L. : janvier 2004.

(Imprimé en France)